犯人に告ぐ❸（下）

紅の影

雫井脩介

双葉文庫

犯人に告ぐ3（下）

紅の影

18

巻島らを取り囲んでいた無数のアバターが引っこみ、新しいアバターたちが現れる。それらも動揺や興奮を示すように震えたり揺れたりしながら、〔リップマンだ！〕〔出た！！！！〕〔本物？？？？〕と、次々にコメントを発していく。そのアバターたちもしばらくすると、次のアバターたちに場所を譲って消えていくが、〔リップマン〕のアバターだけは、中央に居座ったまま動かない。

「とうとう〔リップマン〕のアバターが現れました」言葉を忘れたように画面を凝視していた竹添舞子が再び口を開いた。「これは……本物なんでしょうか？」

「本人以外はパスワードが分からないはずですから、本物でしょう」巻島は努めて冷静な口調で言った。

「そうですよね……いや、もちろん、〔リップマン〕に番組参加を呼びかけてきたので、待っていた事態ではあるんですが、いざ現れると、まさかという思いで、何と言ったらいいか分からなくなりますね」竹添舞子は混乱した気持ちを隠そうともせず、取りとめもない調子で言った。「何かコメントがあるんでしょうか？」

〔リップマン〕のアバターは画面上で微動だにせず、何のコメントも発しない。デザインも戯画化されているとはいえ、覆面にサングラスという何の愛嬌もないものであり、それらが相まって、ほかのアバターたちとは違う、何とも不気味な雰囲気を漂わせている。捉え方によっては、〔リップマン〕本人の空気感がそこに投影されているようでもあった。

「えー、〔リップマン〕のアバターはほかのユーザーのアバターとは違い、ログアウトしない限り、画面から消えないようになっています。また、〔リップマン〕のアバターは、何度でもコメントを出すことができます」竹添舞子が少し冷静さを取り戻し、そんな説明をした。「なので、何か言いたいことがあれば、〔リップマン〕には遠慮なくコメントしてもらいたいと思います」

「待ちましょう」巻島は言った。

［目が離せなくなってきた］［リップマンのコメント待ち］［早く早く］と、ほかのアバターのコメントは次から次へと賑やかだ。

巻島たちはそんな画面を眺めながら、無言で〔リップマン〕の反応を待つ。地上波テレビでは考えられない展開になっているのは明らかだったが、巻島の興味は〔リップマン〕からどんなメッセージが送られてくるかということにしか向いていなかった。

「巻島さん、〔リップマン〕に何か呼びかけていただけますか？」

現れただけで何のコメントも発しない〔リップマン〕のアバターに業を煮やしたように、竹添舞子が巻島を促した。

「いえ、少し待ちましょう」巻島はそうとだけ言った。

巻島には、どこかでこの番組を観ている〔リップマン〕の気持ちが想像できた。

こうやってアバターを出した以上、彼は何か言いたくてうずうずしているに違いない。

しかし同時に、騒然としている視聴者の反応を前にして、もっとこの番組の空気を支配したいという気にもなっている。

巻島たちを焦らせ、浮足立たせることで、自分を優位に立たせようとしている。

そうであれば、こちらも簡単には御せない人間として対峙するべきであった。

［どうしたリップマン？］［配信事故］［ただのバグか］

視聴者たちも〔リップマン〕が出現した驚きの波が一巡すると、まったく動こうとしないアバターに焦れるようなコメントが上がり始めた。

「えー、何かシステム上の不具合で、アバターが出てきたということはないと思います。この沈黙にも、〔リップマン〕の何らかの思惑があるんじゃないかと思いますが……巻島さん、いかがでしょうか？」

竹添舞子は間を持たせるように、巻島に問いかけてきた。

「そうですね。こちらの反応を観察しているのかもしれません。こちらを焦らす意図があるとすれば、今日はこのまま、何もコメントを出さないということも考えられます」

「うーん、そうですか」彼女は困惑しているような返事をした。

「あるいは、今、ここにアバターを出したのは〔リップマン〕本人ではないということも、若干考えておく必要があるかもしれません」巻島は〔リップマン〕を動かすために、そんな可能性に言及してみる。「仲間の誰かに指示してログインさせ、自分はただ、この様子を観ているということです」

「それは、どういう意図があって、そうするんでしょうか？」

「分かりませんが、〔リップマン〕も我々警察のこうした呼びかけに応えるのは初めてでしょうから、慎重になっているのかもしれません」

「なるほど。向こうもおっかなびっくりというところがあるんでしょうか」

番組の残り時間は十分少々というところだ。沈黙が続いているが、〔リップマン〕のアバターが出現した事実がSNSで広まっているのか、視聴数が見る見る跳ね上がり、六十万を超えた。第一回目の放送から比べれば、三倍の数字だ。

不意に〔リップマン〕のアバターが、飛び跳ねるように縦に動き始めた。

「あ、何か出てきそうです！」

竹添舞子が声を上げた。アバターが縦に横にと動くのは、課金ユーザーのアバターが発言するときの前触れだ。

〔リップマン〕のアバターは最後にぷるぷると横に震えると、白い吹き出しを頭上に出現させた。

［巻島、久しぶりだ。元気そうだな］

ほかのアバターは興奮を剥き出しにして揺れている。

「巻島、久しぶりだ。元気そうだな」

竹添舞子が〔リップマン〕のコメントをそのまま読み上げ、「巻島さん」と反応を求めてきた。

巻島は小さくうなずき、カメラを見た。

「〔リップマン〕、やっと出てきたな。お前はどうだ？」

短く応えると、今度はさして時間を置かず〔リップマン〕からの返事が来た。

［俺も元気でやっている。巻島が必死に呼びかけているから、ちょっと顔を出してやった］

菊名池公園での電話のやり取りで耳にした、冷ややかで落ち着いた声がよみがえる。画面のコメントを読みながら、巻島は〔リップマン〕に直接しゃべりかけられているような気になった。

「番組は最初から観てたのか？」

巻島は耳に残っている〔リップマン〕の声に呼応するようにして、ゆっくりとした口調で訊く。

〔評判を聞いて、再配信を観た〕

巻島は一つうなずいて、またカメラを見る。

「観て、どう思った？」

〔手がかりがなくて、困っているのがよく分かった〕〔まったく捕まる気がしない。巻島がかわいそうだ〕

調子に乗ったようなコメントが連投され、ほかのアバターたちからは、〔巻島さん、涙目〕〔さっそくなめられてんな〕とからかいの野次が飛んだ。

「どことは言わないが横浜の住宅街でお前、うちの連中に追われて命からがら逃げ出しただろう。ずいぶん肝を冷やしたんじゃないか？」

〔リップマン〕が挑発に乗って不用意にこの事実を認めれば、勝田南のカメラ映像を今後、公開捜査に役立てる道筋も開けてくる。どう出てくるか……巻島は〔リップマン〕の反応に注目した。

［覚えがないな。俺のアバターがしでかしたことだろう］

空とぼけた答えが返ってきて、巻島は小さく唇を嚙んだ。

「覆面やサングラスはしてなかったようだぞ」巻島はそうとだけ言い返し、質問を変えた。

「シノギも当分は休むしかないな。今は何をやってる？」

［心配してもらう必要はない。十分休んで英気を養った］［今は次の計画を実行に移すべく、準備を進めているところだ］

竹添舞子が〔リップマン〕のコメントを読み上げ、「これは犯行予告ということでしょうか？」と巻島に尋ねてきた。

「そのようですね」巻島は言い、カメラを見た。「何をやるつもりだ？」

やがて、また白い吹き出しが現れた。

［言えるのは、誘拐ではないということだ。大日本誘拐団は解散した］［そしてもう一つ。この計画が、俺の最後のシノギになるだろう］

「最後の……？」

思わせぶりな言葉ながら、真意はつかみづらかった。計画に対する覚悟を表しているのか、それとも、それだけ大きな計画だと言いたいのか……画面のコメントだけで〔リップマン〕

の心情に近づけそうな気になっていたが、やはり限界がある。

巻島の呟きに反応して、〔リップマン〕がコメントを付け加えてきた。

〔それが終われば、俺は闇に消える〕〔巻島が呼びかけても、応じることはないだろう〕

文字通り、最後のシノギであり、裏の世界から足を洗うという意味のようだ。

「金主には話を通したのか？」

〔リップマン〕が金主の存在を認めるのかどうか気になり、巻島はそんな問いかけをしてみた。

〔もちろんだ〕

〔リップマン〕はあっさりと認めた。

「その計画は金主が立てたのか？」巻島は訊く。「それともお前が立てたのか？」

〔金主だ〕〔どんな計画か知れば、巻島も驚くだろう。教えてやれないのが残念だ〕

誘拐事件に金主は関わっておらず、計画は何から何まで〔リップマン〕が立案し、お膳立てしたらしいということが、砂山兄弟の供述から分かっている。

しかし、次は金主の立案となると、やはり誘拐事件とはまた毛色の違ったものになると見たほうがいいか。

「次の計画の実行後などと言わず、すぐにでも足を洗うべきだと言っておく」巻島はカメラに向かって言った。「もちろん、足を洗おうが洗うまいが、我々はお前を必ず捕まえる」

〔そろそろ時間だな〕

〔リップマン〕は巻島の意気込みをはぐらかすように、そんなコメントを返してきた。

〔また会おう〕〔ｒｅｓｔ ｉｎ ｐｅａｃｅ〕

短いコメントが連投されたあと、〔リップマン〕はログアウトしたらしく、アバターの姿が画面から消えた。

「消えました」

呆気に取られるようにぽつりと言った竹添舞子が、少しして我に返ったらしく、「番組終了の時間が近づいてきましたね」と締めに入った。

「巻島さん、最後に何かありましたら」

巻島はカメラを見る。

「〔リップマン〕、次回の放送でも待っている」

放送が終了したとたん、スタジオは沈黙に包まれた。竹添舞子は放心したようにソファから動かず、巻島も無言のまま〔リップマン〕とのやり取りを頭の中で反芻《はんすう》していた。

やがて、副調整室から倉重プロデューサーが出てきた。

「いやあ、とうとう出てきましたね！　副調整室《サブ》で思わず叫びましたよ！」倉重は紅潮した顔に笑みとも驚きともつかない表情を貼りつけ、大声でそう言った。「うまくいきましたね！」

倉重の言葉に巻島はうなずく。彼の言う通りだった。期待はしていたが、地上波テレビより注目度の低いネットテレビの番組が確実に〔リップマン〕のもとまで届く保証はないという思いもあった。そして、番組が届いたとしても、〔リップマン〕が必ず反応を寄越すとは限らず、むしろスルーする可能性のほうが高いと考えておくべきだとさえ思っていた。

しかし、いざ〔リップマン〕が現れると、ネットテレビの強みがいかんなく発揮された。短時間のうちに犯人とこれだけメッセージを交わせるとは、〔ニュースナイトアイズ〕のときには考えられなかったことだ。

「本当にびっくりでした」竹添舞子が胸を押さえ、倉重に訴える。「まだドキドキしてますよ」

スタジオのドアが開く。姿を見せたのは、網代実光だった。

「観てましたよ」網代は巻島を見ると笑みを覗かせ、ゆっくりと歩きながら声をかけてきた。「曾根本部長に知らせようと電話したんですが、彼もちゃんと観ていたようです。まずは一歩前進というところでしょうが、大きな一歩だと言っていいんじゃないですか？」

「おかげさまで」巻島は言った。「〔リップマン〕の出現ももちろん大きいんですが、予想以上に彼の言葉を聞けたことが収穫でした」

「双方向《インタラクティブ》のハードルの低さというのは、〔ネッテレ〕のウリですから」網代が鷹揚に言った。「これでこそ、地上波番組よりうちを選んでいただいた甲斐があったというもので、私としても大変嬉しく思います」

「ただ、勝負はこれからです」

巻島が言うと、網代は言下にうなずいた。

「ここからどう〔リップマン〕に迫るかですね」網代は言う。「今日、彼が発した言葉から何か読み取れるものはありましたか？　私の感覚ですが、彼のレスポンスを見る限り、かなりクレバーな人間だなという印象を持ちましたが」

「その通りです」巻島は言う。「こちらの問いかけに対しては、簡潔かつ的確に返事を寄越してきますし、視聴者の興味を惹こうとするようなサービス精神も覗かせてくる。その一方で、捜査の手がかりになるようなことをうかつに洩らすような隙もありません」

「次の計画の準備を進めていると言ってましたね。犯行予告と言ってもいい。これにどう対処するかということも問題になってきそうですね」

「犯行予告と言っても、具体的に何をどう狙っているかも分からないことですから、今の段階ではどうすることもできません」巻島は小さく肩をすくめて言った。「次の配信で、〔リップマン〕から何か引き出せればいいんですが」

「なるほど……そういう意味では、今日のやり取りは、お互いの顔合わせの域を出ていないということですね」網代が言う。「〔リップマン〕の次の計画が捜査の取っかかりになればいいでしょうが、成功させてしまうと、県警は面目を失うことになる。相手の出方が分からない以上、巻島さんとしても難しい戦いになりますね」

「とはいえ、おめおめと成功を許すつもりはありません」

〔リップマン〕の計画の中身が何も分かっていないだけに、何を言っても根拠のない意気込みにしかならないのだが、巻島は捜査責任者としての立場から、ごく自然とそんな言葉を口にした。

「そうですか。楽しみです」

網代が短く言い、微笑を口もとに刻んだ。

巻島ら捜査陣の健闘を期待しての言葉には違いないと思ったが、彼の微笑は単純に明るいものではなく、どこか皮肉めいた複雑さがこもっているように見え、意外と根っこにひねくれたものを抱えた人間であるように感じた。

〔リップマン〕が新しい事件で暴れ、捜査が一段と混迷すれば、番組もいっそう盛り上がる

とでも思っているのかもしれない……巻島はそう取りつつも、表情には出さず、彼のエール
に小さな会釈で応えておいた。

19

「失礼します」
パーティションの裏から声をかけてきた強行犯中隊担当課長代理の中畑正興《まさおき》が顔を覗かせ、
若宮和生の執務席の前に立った。
若宮がパイプ椅子に手を振るのを待って、彼は一礼し、大きな身体を折って、そこに腰か
けた。
「厚木《あつぎ》の強殺事件の報告書です」
若宮は無言で書類を受け取り、遠近両用の眼鏡を目から遠ざけるように軽く下へずらすと、
ざっとそれに目を通した。特に問題はなさそうで、「ふむ」と小さくうなずいた。
「これも何とか片がついたが、ちょっと時間がかかったな」
若宮の呟きに、中畑が「申し訳ありません」と頭を下げた。「初動のもたつきが響きまし
た」

「春に特捜隊の若手が本部長賞を取り、この前は裏カジノの摘発で生安が取った。うちが最近取ったのはいつだ？」若宮は眼鏡を指で上げながら、中畑を見る。「こういうヤマで四苦八苦してるようじゃあ、思いやられるぞ」

「ごもっともです」中畑が顔をしかめて恥じ入るように言った。「いずれ、大きなヤマを迎えたときには、課長の統率力を本部長にも評価してもらえるよう、全力を尽くしたいと思っています」

「俺のことは別にいいんだよ」若宮は静かに言った。「俺は、捜一がさすが捜一だと、ほかから一目置かれる存在であり続けなければならないと思っているだけだ。それができていれば、俺自身の評価などあとから勝手に付いてくる」

「おっしゃる通りです」

若宮が捜査一課長のポストに就いてからの大きなヤマと言えば、〔バッドマン〕事件と呼ばれている昨年の川崎連続男児殺害事件と今年の〔ミナト堂〕親子誘拐事件だが、前者は曾根が本部長に就任するなり、若宮から指揮権を取り上げ、所轄から呼び寄せた巻島にそれを預けるという前代未聞の屈辱的な采配があった。プライドを打ち砕かれ、ぶざまな気分にさせられたのは若宮個人だけでなく、巻島の指揮のもと、ひたすら人海戦術の駒として使われた捜査一課の精鋭たちも同様だった。

先の誘拐事件では、曾根は捜査の初動から巻島に指揮権を与えた。それも身を震わすほどの屈辱だったが、若宮は無理やり自分の頭を冷やし、最近では少し考え方を変えた。自分の配下である捜査一課の連中がその帳場その帳場で力を発揮してくれれば、それで十分だというようにだ。

そうとでも思わなければ、曾根という、組織を強引にかき回して活性化を図ることを得意としているトップの下で、気持ちを安定させながら、責任ある任務をこなし続けることなど難しい。

それと同時に、捜査一課の面々が各所で活躍し、捜査一課の勇名が守られることも、若宮は本音として歓迎している。その捜査一課員たちは、若宮というボスの、立場の絶対性を心得ている者ばかりであり、若宮の精神の安定はそれによって最低限保たれる。

大きなヤマをものにしたいのは、捜査幹部として当然の思いではあるが、機会が平等に回ってこないことには力を発揮しようがない。それを気に病むよりは、捜査一課という組織をさらに盤石にすることに神経を向けたほうがいい。

捜査結果という、目に見える面ばかりではない。

組織は人体と同じで、幹部が頭脳であり、現場の一人一人は手足である。

そして、いいパフォーマンスを発揮するには、健康を保っていなければならない。血液も滞りなく流れている必要がある。

組織の血液は金だ。課長という職にあれば、当然、その方面にもしっかり目を向けていなければならない。

「今月の旅費は出したか?」若宮はさりげなく中畑に訊く。

「はい……経理に回してます」中畑は少し声を落として答えた。

帳場が立って多忙を極めると、経費の申告業務などはついつい後回しになってしまう。それが使用実績のない架空経費だとなおさらだ。

若宮は小さくうなずいて、彼の答えに満足する。

「課長」

今年の春から捜査一課のナンバー2である理事官を務めている藤吉周良《ふじよしちから》が顔を覗かせた。

「横須賀《よこすか》の変死体ですが、やはり暴行の痕跡があるということで、帳場を立てたいと……」

横須賀の港近くで朝方、男性の変死体が発見された。所轄の刑事課と機動捜査隊が初動捜査に当たっているが、遺体の状況その他から判断して、何らかのトラブルに巻きこまれての被害である可能性が高いらしい。

「そうか」若宮はそう応じて、目の前の中畑を見た。「じゃあ、君のところで班を出してくれ」

「分かりました」

中畑が返事をして、立ち上がった。

「課長のご予定は」

藤吉に訊かれ、若宮は時計と手帳を確認する。

「七時以降だったら何とかなる」

「では、十九時に捜査会議ということで、横須賀と調整します」

「そうしてくれ」

忙しくなってきた。

若宮は決裁書類を抱えて、刑事部長室の岩本《いわもと》を訪ねた。

ついでに横須賀署に帳場が立つ件を報告すると、岩本は彼らしく、よろしくやってくれとばかりに「そうですか」とだけ口にした。

「大きな事件ではないと思います」若宮は間を埋めるようにして言葉を足した。「おそらくはチンピラの喧嘩でしょう。米兵が関わってると、ややこしいかもしれませんが……」

「ややこしいことは勘弁してくださいよ」

「はあ」

そうであれば、迷宮入りのほうがましだとでも思っているような岩本の言い方に、若宮は閉口する。

「戸塚の病院の事件は裏づけが進んでいます。今週中にも重参を呼んで、一気に落としたいと思ってます」若宮は話題を次に移した。「逮捕の際には、本部長への説明に部長も同席していただけますか？」

花を持たせるつもりで言ったが、岩本は当然のことだとばかりにうなずいただけだった。大した事件でもないのに恩着せがましいと言いたげな様子でもあった。

「では、失礼します」

若宮がその場を辞そうと一礼すると、岩本はちらりと視線を向けてきた。

「一課は大丈夫でしょうね？」

「え？」

「変な不祥事だけは困りますよ」

言われて、若宮は分かった。組織犯罪対策本部の捜査員が暴力団員から飲食接待を受け、捜査情報を洩らしていたことが監察の調べで明らかになり、ちょうど昨日、当該捜査員に懲戒免職処分が下されたのだ。マル暴の不祥事としては珍しくないものだが、それを監督する者の立場からすれば、顔をしかめたくなる出来事だろう。

「本音を言えば、私も本部長も、ここでの実績は〔バッドマン〕事件で十分なんです。本部長は、ああいう人ですから、何でも攻めに出ますけど、巻島さんが今やってる公開捜査だって、果たして二匹目のドジョウをそんな都合よく捕まえられるのかと、私は眉唾に見てますよ。本部長なんか、キャリア的には微妙な時期に差しかかってますからね。我々下の者が気を遣ってやらないといけない。若宮さんも巻島さんを意識して、大きな事件をものにしたいというような野心が見え隠れしていますけど、私が望んでいるのは、一課が堅実な組織であって、あなたがそれを無難に動かすということです。そのことだけに絞れば、あなたは管理者たる器にあると私は認めてますから」

曾根のような、叱咤激励の叱咤しか知らない上司も苦手だが、岩本のように、キャリア組の都合しか考えていない上司も、うんざりさせられる相手だった。

「ありがとうございます」若宮は岩本の皮肉としか思えない評価に礼を言った。「今後も綱紀粛正に努めて、模範的な組織運営を目指していきたいと思います」

刑事部長室を出て、やれやれと息をつく。

曾根が、将来のカジノ管理委員会入りを打診されていて、ゆえに、管轄内の裏カジノ摘発にも力を入れ始めたことなどは、噂として聞いている。

そんな中で足を引っ張るような不祥事なり捜査の失態なりが起こって、曾根自身、監督不行き届きのそしりを受けることになれば、そういった約束手形が簡単に飛んでしまうこともあるのかもしれない。

どちらにしろ、それは官僚の世界の問題なのだから、こちらには関係のない話なのだが、そんな本音はおくびにも出さず、よろしくやってみせるのが、中間管理職たる若宮の仕事だとも言える。

ただ、現場を束ねる者として言いたいのは、組織はきれいごとだけでは決して回らないということだ。

キャリア組たちは、自分の顔に向こう傷を付けられることをとにかく避けようとする。きれいな顔のまま、多少の勲章を手にして、次の赴任先に移ることを望んでいる。不祥事を起こさず、県民の負託に応えるわけだから、それら個人的な都合は建前において正当化される。

しかし、そうした彼らの都合をお膳立てするのに、現場の末端まできれいな顔でいることはできない。

模範的にも限界があるというものだ。

若宮は、捜査課のトップとしては、手堅く慎重なタイプだという自覚がある。

だが、そんな若宮でも、清濁併せ呑む感覚がなければ、この仕事は務まらないと思っている。

上はいい気なものだ。

若宮はうんざりした気持ちを抱えながら、刑事部屋に戻り、自分の執務席に着いた。夕方までに読んでおきたい資料があったので、ファイルを机の上に出した。再び眼鏡を下にずらして文字を追うものの、気忙しさもあって、なかなか頭に入ってこない。

冒頭に戻って読み直していると、机の端に置いておいた携帯が鳴った。非通知の表示が画面に出ていたが、気持ちが資料に向いていたこともあり、さして訝ることもしないまま、その電話を取った。

「もしもし」

〈若宮か？〉

ねっとりとした低い声だった。若宮を呼び捨てにするのは、曾根か、先輩ＯＢくらいである。誰だと思いながら、失礼があってはならず、若宮は「もしもし？」と繰り返した。

〈神奈川県警捜査一課長の若宮和生だな？〉

その言い方からして、顔見知りではないようだと気づいた。やくざの脅しか、事件関係者の逆恨みか……なくはない話であり、若宮は気持ちを構える。素性の分からない相手がこの電話番号を知っているということも面白くない。

「そちらは？」若宮は訊いた。

〈〔リップマン〕と言えば、分かるだろう〉

「何……？」

〔リップマン〕は、巻島が指揮している山手署の帳場が追っている犯人だということくらいは知っている。ちょうど昨日、巻島が出演した〔ネッテレ〕の番組に〔リップマン〕がアバターとして現れ、地上波テレビのニュース番組や新聞などでも大きく取り上げられていた。

タイミングがタイミングであるだけに、若宮は、たちの悪いいたずらだろうと踏んだ。

「〔リップマン〕なら担当が違う。山手署にかけてくれ」

真面目に応じるのも違う気がしたが、一喝するのも面倒くさく、若宮はそんな言い方で相手になるのをかわすことにした。

〈お前に用事がある〉電話の男は言った。

どうやら相手は機械で声を変えているらしいと、若宮は気づいた。

「何だ？」若宮は訊いてみる。

〈お前が管理している裏金の実態をつかんでる〉

若宮は思わず息を呑んだ。

〈五千万あるな？〉

神奈川県警では、十年ほど前、不正経理問題が持ち上がったことがあった。調査の結果、その額は県警全体で過去六年において十億以上に上り、会計責任者らが処分された。

代表的な手口は、業者への備品発注の際に本来の代金に上乗せした額を払い、上乗せ分はそのまま業者に預かってもらうというもので、県警本部、所轄署問わず多くの部署で、そうした〝預け〟と呼ばれる行為を繰り返すことによって裏金が生み出されていた。

捜査一課も、一千万近い額の不正経理を指摘された。ご多分に洩れず、〝預け〟の裏金であり、課員の親睦会や打ち上げ経費などに回されたものだ。

しかし、実際には、捜査一課の裏金はそれだけではなかった。当時の調査では発覚を免れたが、〝預け〟ではなく、代々幹部クラスの者が自宅や貸金庫などでひそかに保管してきたものがあったのだ。

十五年ほど前、若宮が強行犯中隊の中隊長を務めた頃には、何となくこの事実を知っていた。当時の課長代理に架空の出張経費の申告を頼まれたからだ。

課長代理に就くと、当時の長谷川《はせがわ》一課長から事情を打ち明けられた。〝預け〟に対して、幹部たちが直に保管している裏金は〝手持ち〟と呼ばれていた。何か入用《いりよう》があった場合は、〝預け〟から先に使う。〝預け〟とはいえ、一課の場合は、すぐに業者からバックしてもらうことが多かった。

ただその分、〝手持ち〟はめったに使うことなく、少しずつ増えた状態で次の担当者へと保管が引き継がれていった。その額、四千八百万円ほど。

前任の藤原一課長から管理を引き継いだとき、若宮はこの金を徐々にでも使って減らしていかなければならないと思った。藤原の意向もそうするべきだというものだった。

しかし、現実には、減るどころか増えてしまった。

架空経費による裏金づくりをやめられないからだ。

経費はある程度、無理やりにでも消化しておかないと、翌年度の予算が削られてしまう。昨今の時勢では、官公庁、どこでもそういう理屈で成り立っている。

帳場の経費はその所轄署持ちなので、そこに出向いて仕事をする本部の捜査課は、元来それほど大きな経費を必要としない。

しかし、何か入用が生じたとき、予算が割かれていないのでは困る。裏金があるからといって安心していられるものではない。役所は、いったん締めた財布のひもを再び緩めようとはしない。

歴代の一課長もそういった事情から、後ろめたさを覚えながらも、裏金づくりをやめられなかったのだろう。若宮もできなかった。

県警の予算を司る県も、運営を指揮・監督する警察庁も、あるいは県民、市民という名の世間も、十年前の処分を機に、不正経理の悪習は一掃されたと見ているだろう。

そんな中で若宮にできるのは、この〝手持ち〟を捜査一課の幹部だけが知る埋蔵金として隠匿し続け、次の代に扱いを託すことだけだった。

しかし……。

〈若宮以下、藤吉、中畑、秋本……この四人が裏金を分けて保管していることも、ちゃんとつかんでる〉

電話の相手は、その言葉が若宮の心臓を射貫く矢であると信じているようだった。

「何のことだ……？」

絶句は認めたも同然だと思い、若宮は何とか口を動かし、白《しら》を切ってみせたものの、今度はそれが相手を挑発しかねないような気になり、言いようのない不安に襲われた。

「お前は、本当に〔リップマン〕なのか？」慌てて、話を変えるように訊いてみる。「証拠を示してみろ」

〈アバターのパスワードは『ａｗａｎｏ』だ〉

アワノ——その名前はもちろん、若宮の耳にも届いている。

よりによって……。

〔リップマン〕に秘密を握られてしまった。

若宮は愕然として、とうとう何も言い返すことができなくなってしまった。

〈安心しろ〉〔リップマン〕は淡々と言う。〈そんな扱いに困る金は、なかったものにすればいい〉

何が言いたい？　若宮は言葉を失ったまま、話の意図が明かされるのを待つ。

〈俺が内緒で全部もらってやる〉

〔リップマン〕は言った。

20

「井筒孝典が誘いこんだ〝夜の特別レッスン〟」

「女子アナ志望大学生が涙の告発」

市長選選挙日の三日前、その日発売された週刊誌が井筒孝典の醜聞を報じた。

テレビリポーターが井筒を取り囲み、井筒は釈明会見を開かざるをえない羽目に陥った。

会見で井筒は女子大生との関係を認め、しかし、自分の立場を利用して無理に築いた関係ではなく、記事の中身は事実でないことが多いと訴えた。

ただ、事情の詳細がどうであれ、妻子を持つ井筒にとっては、致命的なスキャンダルであることに変わりはなかった。

ネットにおいても、〔ＡＪＩＲＯ〕が運営するまとめサイトを中心に、何本ものまとめ記事が上がり、そこでは過去の女性関係や局アナ時代のセクハラの噂など、真偽を確かめようのない話題もまことしやかに取り沙汰された。

おそらく、それらの噂のほとんどは、どこかの選挙コンサルティング会社がネット上に投げこんだものであり、元をたどれば、〔ワイズマン〕が依頼したものであるに違いなかった。

選挙を翌日に控えた土曜日、淡野は〔ワイズマン〕に呼ばれた。車で送ってくれた渉を越村の事務所に残し、〔ＡＪＩＲＯ〕の本社を訪ねた。

本社の最上階に上がり、〔ワイズマン〕の執務室のドアを軽くノックして部屋に入る。

〔ワイズマン〕は大きな窓に面したソファに腰かけており、向かいには先客がいた。

〔ポリスマン〕だった。

「来たか」

〔ワイズマン〕はそう言って淡野を手招きすると、〔ポリスマン〕に目を向けた。

「淡野にも一杯、いれてやってくれ」

「はい」

〔ポリスマン〕は素直に返事をすると、入れ替わるようにソファを立ち、コーヒーメーカーのもとに向かった。淡野と二人きりのときはプライド剝き出しの態度を取るが、〔ワイズマン〕の前では忠犬のようにおとなしい。

「滑り出しは上々だ」

ソファに座った淡野に、〔ワイズマン〕が言う。その言葉が表すように、彼の機嫌はすこぶるよさそうだった。

「市長選の仕掛けもうまくいったようですね」

「ああ」〔ワイズマン〕はソファの背もたれに上体を預け、足を大きく組んだ姿で、高笑いを上げた。「昨日、うちのスタッフに、向こうの選挙事務所を覗きに行かせたが、まるでお通夜のようだったと言ってた」

淡野は彼に釣られてくすくすと笑った。〔ポリスマン〕も追従の笑い声を立てながら、コーヒーカップを手にして戻ってくる。

「いかにもクリーンで誠実な人間を気取りながら、いい歳して、女には勝てないもんなんですね」

〔ポリスマン〕は淡野の前にカップを置き、ソファに座りながら、そう言った。

「もう少し手こずるかと思ったが、こっちが仕掛けた女、三人に食いついたんだから、井筒も申し開きのしようがないだろ。四人目はさすがにおかしいと思ったらしく、手を出さなかったそうだが、いくら何でももう遅い」

〔ワイズマン〕の話に、淡野たちは再び笑いを合わせた。

「〔ネッテレ〕のほうも盛り上がってきた」〔ワイズマン〕は満足そうに言った。「この数日、アプリのダウンロード数が爆発的に増えた。来週の番組は百万人以上が観るんじゃないか」

「お役に立てて何よりです」淡野は言う。

「役者がそろってる」〔ワイズマン〕は言った。「巻島にとったら、去年の〔バッドマン〕なんかより、よほどお前のほうが強敵で張り合いがある。この前の放送終了後の、あいつの様子を見せてやりたかった。いつもと変わらないように振る舞ってたが、俺には、その顔から喜びがこぼれるのを必死に我慢してるように見えたぞ」

「俺を何とか引きずり出そうと、あの手この手で誘いをかけてましたからね」淡野は言う。

「ニヒルな顔して可愛げがある。なかなか面白い男ですよ。若宮とも電話でやり取りしましたが、あちらは役者としては一枚落ちる感がありますね。動揺しているのも、分かりやすすぎて、面白みには欠けます」

「そっちも動き出したか」〔ワイズマン〕は言い、〔ポリスマン〕を見た。「様子はどうだ？」

「若宮を目にする機会がないので何とも言えませんが、秋本の様子は今までと変わらないですね」〔ポリスマン〕が言う。「少なくとも、秋本にはまだ伝わってないと思います」

「逆に言えば、恐喝事件として公にされてもいないということだな」

「〈リップマン〉と名乗りましたから、事件化する気があるなら、秋本どころか巻島あたりにも伝わってないとおかしいでしょうね」淡野は言った。

「その気配はまったくない」〈ポリスマン〉が首を振る。

「まだどうしていいか分からず、一人で抱えこんでる段階だな」〈ワイズマン〉が若宮の心理状態を見切ったように言った。「まあ、事件化はできないだろう」

「ぐずぐずしてるうちに、ますますしにくくなりますからね」淡野は言った。「電話があって何日も経ってから公にしてるようじゃあ、立場が持たない」

「どちらにしろ持たない」〈ワイズマン〉が突き放すように言った。「すぐに事件化しようが、抱えこんでぐずぐずしようが、公になれば若宮は終わりだ。一掃したはずの裏金を五千万も隠してて、しかもそれをネタに〈リップマン〉から脅されたなんてことが明らかになったら、若宮どころじゃない、曾根も組織のトップとして、何らかの処分を食らわなきゃならないようなレベルの話だ」

「おっしゃる通りです」〈ポリスマン〉が言う。「若宮の一存では事件化できないでしょう。曾根や刑事部長の岩本に報告して判断を委ねることは考えられますが、自分の立場が持たないことに変わりないとすれば、それもしない可能性のほうが高いと思います」

「公にできないなら、いっそのこと取引に応じたほうがいい……若宮の思考がこう進めば、しめたものだ。ただその場合、若宮の中で自動的に設定される条件がある。裏金を受け取った〔リップマン〕が、巻島たちに捕まることなく、すべての秘密と一緒に闇の中へと完全に消え去ってくれること。つまり、心情的な面で、若宮と淡野は共犯者になると言っていい〔ワイズマン〕の策略の巧妙さは、このあたりにある。

神奈川県警刑事部門内のパワーバランスを巧みに利用している。

取引に応じた場合、若宮は、〔リップマン〕が裏金を手中に収めたまま、誘拐事件の捜査からも逃げおおせることを望むだろう。裏金がなかったものになる上、ライバル関係である巻島に点数をやらなくて済む。逆の場合は最悪だ。裏金が露見することで自分の進退が窮まる上、巻島にその恐喝犯を捕まえる役を任せるわけだから。

もちろん、若宮が誘拐事件の迷宮入りを望むとすれば、それは言葉通り、運任せでそうなってくれと祈るだけということにはならないはずだ。仮にも捜査一課長という大きな権力の座にある男なのだ。

捜査に直接介入できないにしろ、部下の一部は、巻島が指揮をとる捜査本部にも加わっている。若宮の気分をそうした部下たちに背負わせることはできる。本来は捜査本部の主力たるべき捜査一課員の士気が下がれば、巻島といえども、事件解決に向けて捜査本部を引っ張っていくのは俄然難しくなるだろう。

すべての歯車がうまく回る方向は見えている。その方向に歯車を回すには、まず、若宮を取引に応じさせる必要がある。

そして取引に応じさせるには、〔リップマン〕が巻島に捕まる恐れがないことを、若宮に理解させることが必要になる。

「若宮に関しては何とかなると思います」淡野は自信のほどを、そう口にしてみた。「ただ、彼を動かすだけでは足りません。裏金に噛んでいる一方、巻島とも関係が近いという秋本がどう動くかに、成否は懸かってきます」

巻島とは〔ネッテレ〕の番組を通して、若宮とは電話を通して、その人格を測り、思考の方向を読むことはできる。

秋本は〔ポリスマン〕の情報だけで人物像を類推するしかない人間だ。しかし、取引を成功させるに当たっては、キーマンになる存在だと言ってもいい。

「そうだな。秋本が取引について、巻島に打ち明けて対応を相談するようなことがあれば、話は簡単じゃなくなる」

〔ワイズマン〕はそう言って、〔ポリスマン〕に問うような視線を向けた。

「秋本の心情的には、若宮より巻島でしょう」〔ポリスマン〕は言った。「けれど、淡野ではありませんが、彼も若宮とは共犯の関係になってます。昔、捜査ミスで巻島や本田ら特殊班の幹部が飛ばされたとき、秋本だけ一課に残ることができたんですが、任務に精通する幹部を誰か残さなくてはならないという事情があって、若宮がそうするように動いたという話があります。若宮にとっても、秋本は忠実な部下として扱いやすいんでしょう。だからこそ、裏金管理の一員にも入れたし、秋本はそれを拒めなかった。秋本にとって若宮は、自分を守ってくれた恩人ですし、裏金を任されるということは、将来的に一課の課長や理事官というポストを任される人間だと見込まれたことにもなるわけですから」

「上司に対してごく常識的な忠誠心があり、人並みの出世欲もある男だということだな」

〔ワイズマン〕が言う。「それゆえ、多少の罪悪感があろうと、若宮の影響力から逃れられないと」

「そう思います」〔ポリスマン〕は言った。「事件解決を優先させることは、若宮同様、秋本自身も身の破滅につながりますから、彼が積極的にその道を選ぶとは思えません」

〔ポリスマン〕は警察官として表の時間を長くすごしてきただけに、官公吏として生きる者たちの心情を知り抜いている。そこはやはり、裏の世界だけしか知らない淡野とは違う。

「そうか」

〔ワイズマン〕も納得したようだった。

「秋本のほうは、薮田がちゃんと見てろ。読めない動きを見せても、若宮のほうに付かせる手はある。とりあえずは、若宮をこちらの思い通りに動かすことが大事だ」

それは、淡野の腕に懸かっていることだった。

「お任せください」

淡野は短く返事をした。

21

〈リップマン〉からの二度目の電話は、週が明けた月曜の夜、夜討ちの記者を自宅の居間に呼び入れて雑談をしていたときにかかってきた。

「ああ、君か」若宮は相手が〈リップマン〉だと分かると、咳払いをして声を取り繕った。

「悪いが、来客中だから、十分ほどしてからかけ直してくれないか」

部下からの電話を装ったが、普段は記者が目の前にいても、用件くらいは構わず聞く。自然、記者は、手持ちの事件で、捜査に何か大きな進展があったのかもしれないと訝ったようだった。

「さあ、今日はこんなところだ」

若宮が雑談に区切りをつけて追い払おうとすると、記者は、「横須賀の事件で何か動きでも？」と鎌をかけてきた。

「そんなんじゃない。ただの確認事項だよ」

若宮は曖昧に言って、それ以上の追及を封じた。

「そうですか」

恐ろしい計画が、若宮を巻きこんで進行しようとしている。記者は目の前にいながら、その兆候に気づくことなく、「ではまた」と言って、若宮の家を出ていった。

しばらくして、また非通知の電話がかかってきた。

〈もう、いいか？〉

機械で作った低い声が探りを入れてくる。

「ああ」

心憎いことに、この〔リップマン〕は、若宮が来客中だと伝えると、わずかな動揺も示さず、〈分かった〉と即座にこちらの意図を汲んでみせた。それは阿吽《あうん》の呼吸と言ってもいいレベルのもので、若宮はこの犯罪者とどこか共犯意識のようなもので結ばれている錯覚さえ起こしそうだった。

〈決心はついたか？〉〔リップマン〕はそう尋ねてきた。

裏金の要求に応じるかということだ。

「ちょっと待ってくれ」若宮は言った。「こっちはまだいろいろ整理ができてない」

〈誰と相談した？〉

「まだ誰にも言ってない」若宮はそう言ってから、言い訳を付け加えた。「仕事が立てこんでて、タイミングがなかった」

〈若宮……〉〔リップマン〕の口調には失望感がにじんでいた。〈一人で問題を抱えこんでる間は事態が動かないと思ったら、大間違いだ。お前は自分の立場と裏金とどちらが大事なんだ？〉

「どちらって……」

〈五千万あろうと、お前が老後の資金として自由に使えるわけでもない。そんなどうでもいいものを守ろうとして、自分の立場を危うくする気か〉

「危うくするとは……？」

彼が具体的に何を考えているのか分からず、若宮は地獄の釜の中を覗き見るような気持ちで訊いた。

〈お前に取引する気がないのなら、俺のほうから事実を公表してやってもいいということだ〉〔リップマン〕はそう言ってのけた。〈例えば、巻島の番組でな〉

「馬鹿な……！」

前任から仕方なく受け継いだだけの、ほとんど慣習的な問題で、どうして自分がこれほどまでに翻弄されなければならないのかという理不尽な思いが沸き立ち、若宮は憤怒の吐息をついた。

しかし、〔リップマン〕はただ若宮を揺さぶるためだけに、ブラフとしてこんな脅しを持ちかけているわけではないと気づく。彼は実際、巻島の番組で積極的にメッセージを発信し始めている。どうせ裏金が手に入らないなら、世間に公表してやれという意識が働いても不思議ではない。

「待て……そんな、結論を急ぐな」若宮は自分を落ち着かせる意味もこめて、そう言った。

〈もちろん、分かってる〉〔リップマン〕はすべてを見透かしているかのように、そんな前置きを口にした。〈仮にもお前は、捜査機関の花形部署のトップだ。お前には、要求に応じるかどうかという問題以前に、この犯罪者をきっちり捕まえるべきじゃないのかという倫理的な葛藤があることを〉

公権力にふてぶてしく挑戦状をたたきつけ、社会に混乱を招こうとする犯罪者と裏で取引し、のさばらせたままでいいのか……捜査当局の幹部を務める者であれば、当然抱かざるをえない葛藤だった。

〈しかし、もう一つ分かってることがある〉〔リップマン〕は言う。〈お前がどう出ようと、俺は捕まらないということだ。お前がこの件を事件化して公表しようと、俺が巻島の番組でこの件を公表しようと、立場をなくして困るのはお前やお前の上司、あるいは金の保管に関わっている部下たちであって、俺はただ闇に消えるだけだ〉

それが、どういう根拠から来ている自信なのかは分からない。ただ、若宮は妙に息苦しい自分を意識する。

〈この取引が成立しないなら、俺は巻島の番組からも消える。巻島と遊び続ける意味などなくなるからだ〉

つまり、現在、巻島の呼びかけに応じて、番組にアバターを登場させているのも、この取引のためだということか。

自身が世間に向けて劇的にメッセージを発信できるチャンネルを持つためだ。

そして取引が成立しなかった場合、裏金の存在を暴露して、闇に消えるというのだ。

〈巻島たちが俺の捜査について、大した手がかりを持ってないことも知っている。顔の画像くらいは入手しているらしいが、外国から美容整形の医者を呼んで、何回かいじってもらえば、コンピュータの顔認証にも引っかからなくなる。首都圏からも出て、俺は静かに暮らす。こうした計画を実行する以上、そうした展開も想定に入れている。その場合、泣きを見るのはお前たちだけだ〉

巻島であろうと、この男は捕まえられないかもしれない……若宮は感覚的に、そう思った。〔バッドマン〕事件も手がかりは少なかったが、巻島にとっての幸運が重なった。今回の事件も同じようにいくと考えるのは、虫がよすぎる。〔リップマン〕が本当に捕まらないとするなら……。

裏金もろとも消えてもらうのも手か。

しかし、それが最善だと頭で判断できても、それを実行に移すには、やはり心理的ハードルが高い。

犯人の要求に屈するにしろ、誘拐事件に巻きこまれた被害者などとは質が違う。まさに、〔リップマン〕と共犯関係になるような後ろめたさがある。

神奈川県警捜査一課長のこの自分が……。

若宮は気持ちが千々に乱れ、頭をかきむしりたいような気分になった。

〈明日また、巻島の番組がある。お前の返事いかんによっては、そこで裏金の存在を暴露することになる〉

「ちょっと待ってくれ」若宮は慌てた。「俺だけで処理できる問題じゃない。周りにも話をしないと」

裏金の存在を自ら認めるわけにはいかず、曖昧な言い回しになったが、金を保管しているのは自分だけではないから、彼らに話を通さなければならない。

〈一言、命令すれば済む話だろう〉

「そんな簡単な問題じゃない」

課長の座にあるとはいえ、自分にそこまでの絶対的な力があるわけではないとも思っている。裏金の保管に加担している部下たちは、それが捜査一課という組織を成り立たせている伝統的な必要悪だと自らを納得させて、そうしているのだ。若宮もそうだった。

それを若宮が独断で回収し、なかったものにしてしまったなら、個人的な都合で使いこんだと疑われかねない。表沙汰にできないとしても、課内は混乱するだろう。

〈まあ、そうだな〉〈リップマン〉も本音では承知しているとばかりに言った。〈藤吉や中畑あたりのうるさ型は、ちゃんと納得させて従わせたほうがいいだろう〉

なぜこの男は、彼らの性格まで把握しているのか……若宮は全能の人間を相手にしているような気がして恐ろしくなる。

〈気をつけなきゃならないのは、秋本への対応だ。彼は巻島に近い。秋本が巻島に相談するようだと、俺やお前がいくら秘密裏に動こうとしても、巻島によって事件化されかねない。同時に裏金が露見すれば、当然、秋本の立場も無事では済まなくなることを分からせておけ。同時に、すべてが収まった暁には、将来的な処遇を保証してやることも忘れるな。この取引は秋

本がどう出るかで成否が決まる〉

細心のアドバイスに、若宮はやはり、気味が悪くなる。

「お前……うちにスパイを飼ってるのか？」

第一、そうでなければ、裏金の存在などつかもうと思ってつかめるものではない。

〈そんなことを訊いてどうする？〉〔リップマン〕は否定も肯定もしなかった。〈言えるのは、お前たちがどう動くかは、ちゃんと見ているということだ〉

若宮が一人戦慄するのをよそに、彼は、〈巻島の相手をしたら、また連絡する〉と言って、電話を切った。

スマホの小さな液晶画面の中に、覆面をしたアバターが躍っている。

〈〔リップマン〕、誘拐事件でせしめた金塊はどうした？　もう換金したのか？〉

一人がけのソファに座る巻島が、しかつめらしい顔をして、カメラ目線で問いかけている。

〔手もとにある〕〔毎日眺めてニヤニヤしている〕

〔リップマン〕のアバターが人を食ったようなコメントを返す。

〈お前はあの誘拐事件を成功と考えてるのか？　確かに金塊の一部はお前に渡ったが、砂山兄弟は我々が捕まえた。彼らはお前のことを天才だと評してる。その天才であるお前が、こ

れくらいの結果で満足してるのか……どうだ?〉

［警察はほとんど裏をかかれてた］［巻島は運がよかっただけ。そんな偉そうな顔してられないぞ］［俺を捕まえないと意味がない］［新しい計画で兄弟の無念を晴らし、巻島の鼻を明かしてやる］

〈新しい計画とやらはいつやるんだ?〉

［着々と準備を進めている］

裏金の件を〔リップマン〕が匂わせはしないかと、若宮は固唾を呑んで見守っていたが、そうしたコメントは出てこなかった。

〈金曜日にまた番組をやる。〔リップマン〕、出られるか?〉

［いいだろう］

二人が次回の約束をして、番組は終わった。

アプリを閉じ、若宮は顔を上げる。

同じように、それぞれのスマホに目を落としていた藤吉と中畑も、ゆっくりと顔を上げた。

高島町にある料亭の一室だった。

刑事たちには、人の耳を気にすることなく仕事の話ができる店があるものだが、ここは高級料亭で、現場の捜査員たちが寄りつくこともない。一課の捜査幹部が密談する場所として、代々使われている。その代金は、もちろん裏金から充てていたから、そうした会合の存在は上層部にも、あるいは課内にも知られていない。

巻島の番組が始まる前に、若宮は一通りの事情を二人に打ち明けた。

そして、番組を観終わった二人からは、喉の奥からくぐもったようなうなり声が洩れてくるだけだった。

「今日か明日かは分からないが」若宮から口を開いた。「〔リップマン〕が返事を求めてくる。応じなければ、おそらく、金曜の番組で暴露されるだろう」

藤吉も中畑も、忌々しげな表情でその話に反応したが、どうすべきかという意見はなかなか口に出そうとしない。

「どこかにスパイ《S》がいやがるわけだ……おそらく一課の中に」

藤吉が話を微妙にずらし、そのことに憤ってみせた。

「いや、一課の中とは限りませんよ」と中畑。「正直、一課は飲み食いで簡単に金が出るって話は、ほかでも噂されてますからね」

「だが〔リップマン〕は、金を保管してるメンバーと総額を言い当ててきてる」若宮は言った。「噂だけでは、そこまでは分からないだろう」

「額までとなると、帳面を見たとしか考えられませんが」

中畑は言い、藤吉を見た。金そのものは四人がそれぞれの責任で管理しているが、その増減については藤吉が各人からの申告を定期的に受け、簡単な帳簿をつけている。

その藤吉は、苦虫を嚙みつぶしたような顔をして、首をひねった。

「こういう話とは思ってなかったんで、確認してきませんでしたが、帳面が盗られてるとは思えませんし……」

「どこにある?」若宮は訊く。

「刑事部屋の机の引き出しです。鍵はちゃんとかけてあります」

普通であれば、鍵をかけているなら盗られる心配はないと思うべきなのだろうが、ピッキングだの何だのと盗犯の手口を業務的に見てきた集団の中においては、スチール机の鍵など子ども騙しでしかないという感覚がある。藤吉ももちろん、そうであるがために、口調から不安が隠し切れていないのだ。

「帳面が無事なら、金を誰にも見つからないところに隠して、すべてしらばっくれるという手もありますけどね」

中畑が今後の対応に踏みこんで、そう言った。

「経費の出納を一つ一つ洗い直されたら持たないだろう」

若宮が言うと、中畑は口をつぐんだ。

「応じるべきだと？」藤吉が確認するように、若宮に訊く。

「俺の一存で決めることはできない」若宮は言った。「隠すにしろ、公にするにしろ、応じるにしろ、事が発覚すれば、みな、このままじゃいられない。俺だけが責任を取ればいいならむしろ楽だが、そんな簡単な問題じゃない」

「死なばもろともというわけですな」

中畑としては皮肉をこめるしかないようだった。

「受け取り方は自由だ」若宮は開き直って続ける。「現実問題、綻びが致命傷になりうる。意思統一をしておかなきゃならない。ただ、一つ言えるのは、もしこの問題を乗り越えることができて、俺に発言力が残っているとするなら、君たちの将来は保証するということだ。今後も一課の主流としてやっていけるように、全力で引き立てるつもりだ」

その訴えは、彼らの胸に多少は響いたようだった。現実を受け止め、今はまとまるしかないと確認するように、藤吉と中畑がちらりと視線を交わし合った。

彼らは同時に、すべてを闇に葬り去るには、〔リップマン〕の要求に応じるのが最善だろうという若宮の胸中を、この場の空気として理解したようだった。

「しかし、秋本はどうするんですか？」藤吉が訊いた。「あいつは今、当の〔リップマン〕を追う立場にいます。しかも、帳場は巻島が仕切ってて、二人はつながりが深い」

「あいつは何とかなる」若宮は言った。

藤吉と中畑からある種の信任を取りつけたことで、若宮は一山越えた思いがあった。秋本に関しては、動きを巻島に気取られないようにする注意は必要だが、説得そのものは難しくないと思っている。

〔ワシ〕の事件後、捜査の失態によって、一課内における特殊班の地位はどん底に落ちた。巻島や本田らが外に飛ばされる中、かろうじて残留を許された秋本は、筆頭中隊長という座を任されながらも、肩身の狭さをいつもその表情に漂わせていた。

ただ、若宮は秋本のことをそれ以前から買っていた。上に従順で落ち着きがあり、調整能力も高い。組織を回していくには、こういう人材が重宝する……というか、若い頃の自分を見ているように、気質が似ていると感じていたのだ。

巻島という大将を失って寄る辺ない心細さに苛まれていた秋本を手なずけるのに苦労はいらなかった。二、三度、飯を食わせて激励したあと、時を見計らって、裏金作りのメンバーに誘いこんだ。秋本は困惑をあらわにしていたが、若宮が見込んだ通り、最終的には役目を受け入れた。それが一課で生き残る道だと悟ったと同時に、出世のチャンスもそこにあると理解したからに違いなかった。

部下を圧倒的な統率力やカリスマ性で引っ張ることができないタイプは、諸事何でも賢くこなしていかなければ、管理職としてなかなか評価されない。好き嫌いを言っている場合ではないのだ。若宮が長いキャリアで会得した道理を、秋本も肌感覚として心得ているようだった。

秋本には人並みに出世欲があることを若宮は知っている。巻島や本田とはそこが違う。現実的に、巻島の帳場で働くこと一つ取っても、若宮の目を気にしているところがある。巻島が村瀬を欲しがっていることが分かっていても、若宮にそれを進言することはできない。若宮が駄目だと言えば、おとなしく引き下がってしまう……そういう男だ。

秋本ならコントロールできる。

若宮にはその自信があった。

将来の約束手形を切ってやればいい。

翌晩、若宮は藤吉や中畑とともに、同じ料亭の同じ部屋にいた。

前日と違うのは、秋本も山手署の帳場の幹部会議を終えてから、十時頃になって駆けつけてきたことだった。

まだこの日、〔リップマン〕からの連絡はなかった。

「帳面は引き出しに入ったままでした」藤吉は秋本が来る前に、そんな報告をした。「ただ、誰かが中を見たような痕跡がなくもないです」

藤吉が付けた憶えのない折り目がノートの綴じ目近くに付いていたのだという。まるでコピーするためにノートを広げたかのようなものらしい。

藤吉の勘が正しいのか、疑心暗鬼になっているだけかは分からない。しかし、若宮も話を聞いただけで、おそらく誰かが中を見てコピーを取ったのだろうと考えてしまうほどには、悲観的な物の見方の中にいた。

「遅くなりました」

秋本は軽く強張った面持ちで若宮たちの前に現れた。巻島には内緒で来るようにと言ったことが、彼に小さな緊張を与えているようだった。それでも若宮たちが抱えている深刻さは、まだ彼にはない。

「まあ、軽く飲《や》りなさい」

連日の帳場勤めを慰めるように、若宮自ら彼のグラスにビールを注いでやった。

秋本は恐縮したようにそれを受け、グラスに口をつけた。

「山手の帳場はどうなってる?」

これまでも、顔を合わせる機会があるごとに、若宮は秋本から、捜査の進捗状況を訊いていた。指揮をとっていないとはいえ、捜査一課員を派遣している重大事件であり、越権だとは思っていない。

「はい、〔リップマン〕が巻島捜査官の〔ネッテレ〕出演に反応して事態は動いてますが、そこから何がしかの手がかりを得るというところまでは、まだ正直……」

通信機器や電波の発信地の特定も、今のところは思うように進んでいないようだった。〔バッドマン〕事件で味を占めて、同じ手を使ってみたようだが、そうそううまくいくはずもない。

もし〔リップマン〕が巻島の呼びかけに反応しなくなり、シノギからも一切足を洗ってしまえば……。

彼は捕まらないのではないか。

長年の捜査勘で占っても、そんな気がする。

若宮は藤吉に目配せした。

藤吉が小さくうなずき、「ちょっと聞いてほしいんだが」と口を開く。

「そちらの事件とも関係があることだ」

「はあ……」

秋本が構えたような顔でグラスを置いた。若宮に代わって藤吉が事の次第を説明する間、秋本の表情には若宮たちに共通する陰影が刻まれていった。

そして藤吉が一通りを話し終えたとき、彼に落ちた影は彼の全体に広がり切り、それがためか、その顔には逆に青白さが浮かび上がったように見えた。

「このことはもちろん、巻島たちには知られるな」

若宮が言うと、秋本は衝撃を吸収し切れない様子のまま、生返事のように小さく二回ほど首を動かした。

「いろいろ考えたが、何より大事なのは、〝手持ち〟の件が暴露されないようにすることだ。これが公になれば、俺たちはアウトだ。それだけじゃない。先達の顔にも泥を塗ることになるし、部長や本部長のキャリアにも確実に傷を付ける」

秋本を説き伏せることは、三人で取り囲めば造作ないと若宮は考えていた。秋本は若宮の予想通り、呑まれるようにして話を聞いている。

「もともと、藤原さんは、俺の代で〝手持ち〟を減らしていけと忠告してくれてた。つまり、なければないでいいというものなんだ。だから俺は、いっそ、〔リップマン〕もろとも消えてほしいと思ってる」

秋本がその意を測りかねるように、眉を小さく動かした。

「〔リップマン〕に渡すつもりだ」

「えっ⁉」秋本はまたもや衝撃を受けたように、表情を凍らせた。「応じるんですか？」

「それ以外に道はない。考えれば分かることだ」

「しかし……」秋本は喘ぐような息遣いで抵抗感をあらわにした。「〔リップマン〕が捕まったらどうするんですか？」

「捕まらないほうに賭けるしかない」若宮は言った。「そして、捕まらないように動くしかない」

秋本は理解が追いつかないように、ただ若宮の顔を見ている。

「もちろん、捕まらないように動くと言っても、俺たちが手出しできる事案じゃないから限界がある。そこに関しては、君に何とかしてもらいたいと思ってる」

「……何とかって何ですか？」秋本が嗄《か》れた喉から声を絞り出すようにして訊いた。

「どういう手だっていいんだよ」藤吉がぶっきらぼうに言った。「あからさまなサボタージュじゃなくてもいいから、帳場全体の士気が下がるように、お前の部下から怠けさせろ」

「そんな……」秋本は鼻白んだように言った。

「秋本、一つ訊きたいんだが」若宮は彼に問いかけた。「帳場でこういう噂が話題になったことはないか……つまり、誰かが〔リップマン〕に捜査情報を流しているということだが」

〔リップマン〕が裏金づくりの詳細を握るほどの人間とつながっているなら、誘拐事件の捜査でも重要情報が筒抜けになり、山手署の帳場も混乱する事態が少なからず発生しているのではないか……若宮はそう読んだのだった。

果たして秋本は、目を見開き、その表情で若宮の推測を肯定してみせた。

「やはり、そうか」

「その可能性が幹部の間で取り沙汰されたことはあります。誘拐事件で受け渡し場所を水岡社長が帆船日本丸の前だと偽ったんですが、その情報が〔大日本誘拐団〕側に洩れていたことが分かってます」

「それで？」若宮は問う。「その手当ては？」

「いえ、その内通者が帳場の中にいるか外にいるかも分かりませんし、帳場にいる連中が互いに疑心暗鬼になるのもよくないので、そのままになってます」

「なるほど」若宮は彼の返事に満足し、頭の中に浮かんでいた案を授けることにした。「だったら、内通者探しで帳場をかき回せ」

「え？」

「捜査会議で、そうだな、木根に発言させろ。この中にスパイがいると。誰かはっきりさせないことには、捜査に集中できないと」

木根は昨年まで中畑の下にいた男で、春から特殊犯中隊の中隊長を任されている。もともと裏金づくりにあまり前向きでない秋本のために、その方面をうまく補佐するよう送りこんだ人材である。当然、若宮や中畑が言えば、その通りに動いてくれるはずだった。

「そりゃいい！」中畑も妙案だとばかりに膝を打った。「特捜隊が怪しいと言わせましょう。俺が話をしておきますよ」

「特捜隊に怪しそうなやつはいるのか？」

巻島の膝もとである特捜隊からスパイが見つかれば、巻島や本田の立場もなくなる。若宮にとっては愉快な話だった。

秋本はそう問われてもぴんとこないと言いたげに、首をひねっている。

もちろん、若宮は内通者が実際に特定されることまでは期待していない。人物が特定されたところで、当人が困るのみならず、若宮たちもヒヤヒヤしなければならなくなる。山手署の帳場内が相互不信で混乱し、捜査が滞る事態になればそれで十分である。

「まあいい」方向性が何とか定まり、若宮としては人心地がついた気分だった。「とにかく大事なのは、この四人が運命共同体として、しっかり結束することだ。いい悪いを考えてる場合じゃない。だが、開き直って事に当たれば、必ず乗り切れる」

「その通り」藤吉がその一言でもって意思統一が図られたとするかのように、大きな声を出した。

「俺は将来の一課を背負う人間をここにそろえたつもりだ」若宮は言った。「これを乗り切れば、その献身的な努力は必ず報われると信じてくれ」

秋本の顔を覆っていた影がいくぶん薄まった。その代わりに浮き出てきたのは諦念にも似た表情だったが、若宮はそこに秋本なりの打算を見つけた気になった。

秋本に一つうなずいてみせる。秋本の目も控えめではあるが、それに応えていた。話は決まった。おかみを呼び、会計を済ませる。

「〝手持ち〟はいつでも動かせるようにしておいてくれ。時が来たら、藤吉のほうでまとめてもらう」

「分かりました」

「よし、今日はもうゆっくり休んでくれ」

そう言って帰り支度を始めようとしたとき、テーブルの隅に置いておいた携帯が鳴った。

表示は非通知と出ている。

若宮は浮かせた腰を再度座布団に下ろし、咳払いで藤吉たちの動きを止めてから、電話に出た。

〈若宮か？〉

機械で作った低い声が若宮の耳に届いた。〈リップマン〉だ。

「そうだ」

〈返事は固まったか？〉

「ああ」若宮は目の前の三人を見ながら答える。「苦渋の決断だが、応じることにした」

〈賢明だな〉〔リップマン〕はあくまで冷静な口調で言った。

「くれてやるから、金輪際消えてくれ。下手に捕まってくれるなよ」

若宮の捨て台詞に、〔リップマン〕は交渉成立を確信したらしく、忍び笑いの息遣いを洩らした。

「それから、誰か知らないが、うちにいるお前の仲間に、せいぜい尻尾を出さないように気をつけろと言っておけ。巻島の帳場で、これから騒ぎ立てることになるだろうが、本当に見つかってもらったら逆に迷惑する」

〈なるほど……〉〔リップマン〕は若宮の意図するところをすぐに読んだようだった。〈お互い、取引の成功に向けて努力することは大事だ。それでこそ、ウィンウィンの関係になれる〉

虫のいい言い種だが、こうしたふてぶてしさも、今の若宮にとっては頼もしさと表裏一体であり、〔リップマン〕とその仲間も、ある意味では運命共同体だと言えた。

「受け渡しはどうするんだ？」

〈準備が整ったら、また連絡する〉

そんな返事とともに、〔リップマン〕からの電話は切れた。

22

「こんにちは」

「こんにちは」

〔汐彩苑〕の小さなエントランスホールは、エアコンの涼風が隅々まで行き渡っていた。

淡野はすれ違ったスタッフと挨拶を交わし、エレベーターホールに向かう。エレベーター前の多目的室からは、入所者とスタッフの賑やかな会話が聞こえてくる。

エレベーターで三階に上がり、朽木くみ子の部屋を覗く。

くみ子は上体を起こしたリクライニングベッドの上に座り、ぼんやりした顔を見せていた。

テレビがついているが、観てはいない。

彼女は淡野が部屋に入ってきても、きょとんとその様子を見ているだけだった。顔に張りがなく、あまり体調がよくなさそうでもあった。

淡野は作り笑顔でベッド脇の椅子に座り、無言のまま、彼女にうなずいてみせる。

「何か……？」

くみ子は誰何《すいか》するように首をかしげた。

「ご無沙汰しています。〔ディベロップ・サポーターズ〕の淡野です」

淡野は自分の役どころを理解して、そう名乗った。

「ディベ……？」

「ややこしい名前でいつも混乱させますね」淡野は笑いながら頭をかいた。「淡野とだけ憶えていただければけっこうです」

「ごめんなさい、物憶えが悪くて」くみ子は申し訳なさそうに言い、淡野をじろじろと見ている。「ええと、何のあれでしたか？」

「いえ、近くに立ち寄ったもので」淡野は言った。「それとまあ、一つ面白い投資の話がありましてね。地震などの災害で、がれきの下に生き埋めになった人を助けるロボットを作っている会社があるんです」

「難しい話はよく分からなくて……」

気分が優れないのか、彼女はいつものようには乗ってこなかった。

「難しくはないんですよ。漫画の世界のような話が現実になったということなんです。生き埋めになっている人を発見して、少しの隙間から手を伸ばしていって、水分や薬を与えたり、体調を調べたり、がれきの中の様子を観察したりということができるようになるんです。こういう災害時には七十二時間の壁と言って、七十二時間を超えると生き埋めになってる人の命はなかなか助からないんですよ。けれど、このロボットがあれば、発見率も上がりますし、七十二時間を超えても生存できる可能性がぐっと高まるんです」

「すごいのね」彼女は言いながら、少し困ったように笑った。「でも、私には難しいわ」

「そうですか。そうですよね」淡野はそう合わせる。「でも、肝心な話は簡単なんですよ。つまり、その会社にお金を出せば、そのお金が殖えるんです」

「お金なんてないもの」くみ子は苦笑混じりに言う。「私はもう仕事もしてないし、貯金もないし」

「そんなことはないでしょう」

「本当に。お金の話は困るの」

「いえいえ」淡野はかばんからファイルを取り出して、それを開いてみせた。「これまで購入された社債の証書は、私がちゃんとお預かりしてますよ。もう三千万円以上あります」

「三千万……私の？」くみ子はぽかんと口を開けて訊いた。

「もちろんです」淡野は言う。「こうやって、ちゃんと殖やしてますから、先々の不安なんて、何にもありませんよ。お金は大丈夫です。何の心配もいりません」

「そう……よかったわ」くみ子は少し安心したような顔を見せた。

「今月も使わない分は、お預かりしますよ。お財布はいつものところですかね」

淡野は勝手にキャビネットの引き出しを開けたが、くみ子はすっかり淡野を信頼したように、何も言わなかった。

財布には十五万ほど入っていた。淡野はそこから十万ほどを抜いた。

「これは使わないでしょうから、今回の投資に回しましょう。ちゃんと殖やしますから、大丈夫ですよ」

「そうですか」

くみ子は大した抵抗も見せず、淡野の様子を見ているだけだった。

「お菓子を持ってきたんで、お茶にしましょうか」

淡野は紙袋からミナトロマンを出し、ポットが置いてある洗い場に回った。急須にお湯を注ぎ、茶葉を少し蒸らしたあと、二つ並べた湯呑みにお茶をいれる。

「サトくんは、これ専門ね」

「え……？」

淡野は急須を持った手を止め、くみ子を見た。

「私が好きだって言ったの憶えてて、このお菓子ばっかり買ってくるから」

目を離していた少しの間に、何やら意識の移ろいがあったらしい。彼女は淡野を見て、笑いかけている。

「俺も好きだからね」淡野は答える。

「いつ来たの？」

「今来たとこだよ」

淡野が言うと、くみ子は柔らかい笑みを浮かべてみせた。

「また何か、ぼうっとしてたみたいで……でも、このお菓子があると、サトくんが来てるんだって分かるわ」

淡野はベッドのサイドテーブルにお茶を置き、ミナトロマンの箱から菓子を出してやった。

「身体の調子はどう？」

「お薬ばかり増えちゃって」彼女はミナトロマンをちぎりながら、小さく肩をすくめる。

「お金が殖えるんなら嬉しいけど」

「お金、持ってきたから」

淡野は先ほど抜いた札に自分が持ってきた十万円を足し、キャビネットから出した彼女の財布に入れてやった。

「そんなにいっぱい……いつも悪いわね」

「いいんだよ。遠慮なく使って」

財布をキャビネットに戻すと、淡野は椅子に座り直した。

「ありがとう」くみ子はそう言ってから、淡野を見つめた。「相変わらず忙しそうね。今はどんな仕事してるの？」

「新しいプロジェクトが固まって、ようやく動き出すんだ。老舗企業相手に、おたくの組織にはこういう問題がありますよっていうことを教えてあげてね、それを克服するためにはこうすればいいですよってことも教えてあげるわけ。つまりまあ、コンサルティングみたいなもんだね」

「大変そうね」

「この仕事が終わったら少し落ち着くから、母さんのとこにも、もっと顔見せに来られるよ」

「いいのよ……サトくんが元気でやってるなら……」

そう話していたくみ子の顔が不意にゆがみ、身体を丸めるようにして、サイドテーブルに顔を伏せた。

「母さん？」

「……心臓のお薬ちょうだい」

「分かった」

淡野はサイドワゴンに置かれたトレイからニトロールを取り、彼女の口に含ませた。

荒い息を立てながら突っ伏している彼女の背中を四、五分さすっていると、ようやく落ち着いてきたらしく、「ありがとう」と汗がにじんだ顔を上げた。

「大丈夫?」

ハンカチでこめかみあたりの汗を押さえてやる。くみ子はリクライニングベッドに上体を預け、目を閉じて、ふうと息をついた。

薬が効いているときはめまいが起こりやすいので、しばらくはこのまま休んでいるほうがいい。

じっと付き添っていると、やがて彼女は、静かに目を開けた。

そして、そこにいたことを忘れていたように淡野を見やり、そのまま見つめている。

「ええと……何のあれでしたかね?」

「淡野です」淡野は小さく笑って、そう名乗った。「今日は面白い話を持ってきたんです」

淡野が十四になった年の、夏休みのある夜だった。

もちろんその頃は、「淡野」などという通り名は使っていなかった。日本海の三国《みくに》港の近くで鬱々とした中学生生活を送っていた。

淡野の父は、淡野が生まれる前、十年近く、刑務所に服役していたらしい。出所してから漁師の仕事を求めてこの地に移ってきたのだが、事情を知っている者は周りにちらほらとおり、淡野が物心ついた頃から、お前の父親は人殺しだとご丁寧にも教えてくれる大人がいた。当然、学校でもまともな同級生は近くに寄ってこなかった。

そのことを父親本人に訊くのは子ども心にも怖く、淡野は母に訊いてみたことがあったが、母は肯定も否定もせず、ただ、「お父さんも可哀想な人なのよ」と静かに言った。彼女はよくそういう言い方をした。本当に可哀想と思っていたのか、彼女は服役中の父と籍を入れ、ひたすら外で待ち続けた。それで淡野を四十歳近くになって産んだ。

しかし、淡野から見れば、それは母が心理的に支配されていただけだとしか思えない。母は犯罪者と一緒に生活を送ることなどまるで似つかわしくないような、質朴《しつぼく》な女性だった。そして父が家庭の中で見せる暴力性は、まったく「可哀想」という言葉で解釈し切れるものではなかった。

学校に淡野の居場所はなく、中学に入ると休みがちになっていたが、家の中はそれ以上に地獄の環境だった。底引き網の漁に就いていた父はメニエールの症状が出て、船内で転倒することが続き、近年は下っ端がやるような雑務係に追いやられていた。日によって変わる身体の不調に加え、仕事や人間関係のストレスも絶えなかったようだ。もともと刑務所に入る羽目になった事件は酒がきっかけだったらしく、長い間彼はそれを断《た》っていたが、いつからか自分に許すようになった。

少しでも気に入らないことがあると簡単に手が出る気質に加え、酒が入ると歯止めが利かなくなる。ちょうど淡野の反抗期が重なったことで、彼の嗜虐性が刺激され、暴力依存は日に日にエスカレートしていった。淡野の身体には無数の青あざが作られた。

暴力が激しくなったばかりの頃は母も止めに入ろうとしていたが、それがもたらしたものは、単なる被害者の増加だった。「警察を呼ぶ」という母の訴えに、父は彼女の身体に馬乗りになって殴りかかり、散々暴れつくしたあと、母の涙に呼応するように、白々しく泣いて取り繕った。それ以来、母は怯えるばかりで、淡野もそんな彼女に助けを求めようとは思わなかった。

しかし、精神的には限界を迎えていた。下手に立ち向かえば凄惨な報復が待っているのは分かっていたが、それでも刃向かう一面を見せないことには、向こうも手を上げることへのためらいが生じない。

淡野は海岸から拾ってきた流木を削り、柄《え》も布テープで握りやすくして、片手でも振れるような小型の木刀を作った。今度何かあれば、これで反撃してやろうと心に決め、納屋に隠した。

だが、それが父に見つかってしまっていた。

あの日の前日、父は、反抗的な目でにらんだという、不良が無理やり因縁をつけるような理由で食事中の淡野を引きずり倒し、顔を何度か張った。暴力はそれだけで収まったが、淡野はすでに限界に達していた。口の中が切れて飯がまずくなっただけで、引き金としてはもはや十分だった。

淡野は食事の席を立つと、家を出て納屋に回った。

しかし、そこに自作の木刀はなかった。

家に戻ると、玄関で父が待ち構えていた。その手には淡野の木刀が握られていた。先ほどの暴力は巧妙な誘い水だったのだ。

「お前、俺を殺す気なのか⁉」父は木刀の先を淡野の眉間に突きつけて言った。「殺される前に、お前を殺したるわい！」

もっともらしい言い訳でその場をごまかすような猶予も与えられなかった。父は淡野の頭に木刀を打ちつけ、淡野がたたきの上で頭を抱えて丸くなってからも、その肩や背中に散々木刀を打ち下ろした。

いつもは怯えているだけの母も、さすがに止めに入ったほどだった。しかし、父はその母も一緒に打ち据えた。かまちに当たって木刀が折れるまで、それは続いた。

翌日、父は前夜の余韻を残したような不機嫌な顔で、漁協の会合へと出ていった。母は顔のあざを化粧で覆い隠し、何もなかったように、その手伝いのために付いていった。

淡野は家で一人、頭痛に顔をしかめながら、無為に時間をすごした。逆襲の一手があっけなく封じられ、何もする気が起きなかった。

次に機会があればという復讐心がふつふつと湧いてはいたが、今は瀕死の獣のように身体が動かなかった。次は刺し違える覚悟でやってやる……そんな暗い気持ちを卵を抱えるように温めながら、夏の日が落ちるのを窓の向こうに見ていた。母が作り置いていったカレーにも手をつけなかった。

会合が長引いているのか、両親の帰宅は遅かった。夜の八時を回り、外で車の音が聞こえた。

淡野は神経を張り詰め、重い身体を無理に起こした。いつまで寝ているんだと、父の新たな勘気を被りかねない。

やがて、玄関のドアが開いた音がした。

はあ、はあ、はあ……。

続いて、やけに荒い息遣いが聞こえた。リズムの狂った、よろめくような足音が廊下に響き、淡野が座っている畳の間に近づいた。

見ると、手もとを血で濡らした母が、肩で息をしながら、部屋の入口に立っていた。Tシャツの胸もとにもべっとりと血が付いている。

瞳孔の開いた母の目は、淡野に向きながら、まるで淡野が見えていないかのようだった。顔も通り雨に当たったように汗に濡れ、唇の色がひどく悪かった。

淡野も言葉を失い、ただ、母の異様な佇まいを見ていた。

「出てくから」しばらくして、母はようやく、荒い息遣いの合間に言葉を発した。「支度して」

彼女はそう言いながら、着ていた服を脱ぎ、風呂場に行ってしまった。

何か普通でないことが起きているのは分かったが、出ていくという意味が分からず、淡野がしたことと言えば、立ち上がりかけて、もう一度座ったことくらいだった。まさか、この家を出て、この町から永遠に逃げ出すつもりだとは、母の短い言葉からは察し切れなかった。

母は急ぎシャワーを済ませると、髪をバスタオルで忙《せわ》しなく乾かしながら戻ってきた。目つきは先ほどまでの異様な鈍さが消え、現実がしっかり見えているように、部屋のあちこちへと動いていた。

「着るものと、身の回りの大事なものをバッグにまとめなさい」

母はいつになく早口でそう言い、自分でも、タンスを開けて、荷物の整理を始めた。

「父さんは……？」

淡野がぼそりと訊くと、母は一瞬手を止め、「あとで話すから」と言った。

「一緒に行くの？」

それだけは訊きたかった。父が誰かと喧嘩して、この町を逃げ出さなければならなくなり、今、車の中で待っているとするなら、淡野はここに残りたかった。

淡野の問いかけに対して、母は小さく首を振っただけだった。それで淡野の気持ちも固まった。これまでの暗黒のような生活から、今日でおさらばするのだ。

しかし、車の中を見て、荷物をまとめてガレージに回った淡野は、月明かりがほのかに浮かび上がらせた車の中を見て、思わず声を上げそうになった。一緒に家を出てきた母は荷物と一緒に、毛布を一枚抱えていた。そして、シートが倒された車の助手席には、父が目を剝いて横たわっていた。胸のあたりが一面、血で濡れている。

会合が夜に入ったところで、父は酒を口にしたらしい。そして漁協の仲間と揉め、その場を追い出された。体調が悪いときには車の運転は母に任せ、父は助手席で横になることがよくあったから、この帰りもほとんどふて寝のようにそうしたのだろう。そうした中で、母がある決断をした。刃物を持っていたとするなら、衝動的な行為ではないだろう。胸に秘めた思いがあり、その機会がこの夜になって巡ってきたということだ。

母は、父の死体に毛布をかけて、運転席に乗りこみ、ハンドルやドアノブを雑巾で拭き始めた。この家からは最寄りの駅に行くにしても、歩けば何十分とかかる。車を使わないわけにはいかない。

淡野は後部座席に乗りこんだ。何とも生臭い匂いが車内を満たしていた。

母はエンジンをかけたあとも、なかなか車を出さなかった。ハンドルに手を置いたまま、何か考え事をしているようだった。自分のしでかした行いの結果が厳然と隣に横たわっていて、再び気持ちが混乱を来《きた》し始めているのかもしれなかった。

「埋めてあげようか」母は独り言のように言った。「山のほうで埋めてあげようか」

死体を埋めれば、発覚を免れ、わざわざ家を出なくてもよくなるかもしれない。淡野にとって死体を埋めるということは、そういう理由がすべてだった。しかし、母の言葉はあたかも、そうすることが父のためだという意味合いがこもったものだった。

「サトくん、手伝ってくれる？」母は後ろを向いて、淡野に尋ねた。

車の中にそのまま放置しておくより、山に埋めたほうが本人のためだという感覚は淡野にはなかったが、そういうものかと思い、また、発覚を免れる可能性が出てくるなら、そのほうがいいとも思った。淡野はうなずき、納屋からスコップを取ってきた。

母は車を山のほうに走らせた。無人の山道を上り、適当な林道脇で車を停めた。

淡野が外に出て、懐中電灯の明かりを頼りにスコップを土に入れた。しかし土は硬く、木の根も張っていて、人を埋められるような穴はまったく掘れなかった。一時間ほど汗だくになってスコップを動かし、途方に暮れかけた頃、母が、もうそのへんでとあきらめてくれた。穴というより、せいぜい窪みだった。父を車から引きずり出し、二人でそこに横たえた。毛布をかぶせ、掘った土をかけ、周りの落ち葉や小枝などをばらまいた。

もちろん、そこまでしても、隠し切ったと言える手応えはなかった。誰かに見つかるのも時間の問題だろう。作業している間に目の前の林道を通っていく車もあった。もしかしたら、明日にでも見つかってしまうのかもしれない。

しかし、母は、どれだけ隠し切れたかということは、問題にしていないようだった。浅く埋められた父の前で手を合わせ、「安らかに眠ってください。安らかに眠ってください」と、何度も声をかけていた。

彼女は殺したくて殺したわけではないのだと、その様子を見ながら、淡野は痛切に思った。放っておけば、淡野自身がいつか父を殺すことになる。そう気づいた中で、誰を守るのか考えた末の行動が、この結果をもたらしたのだ。

それから二人は町を出た。車の中で夜を明かし、次の日、福井駅から列車に乗って大阪に飛んだ。その後、母は大阪や広島や名古屋のパチンコ屋や新聞販売店などの住みこみを転々とし、淡野を養った。淡野はいじめによる適応障害で学校を休んでいるという体《てい》で母に庇護されていた。生活の色合いは相変わらず日陰の明度くらいしかなかったが、精神的には遥かに自由となった。やがてはシノギを覚え、横浜に移ると〔ワイズマン〕の手配により、朽木くみ子、朽木浩司《こうじ》の戸籍を得た。淡野はイリーガルな道ながらも過去と完全に決別し、自立することができた。そこに至るまでに大きかったのは、母の献身だった。

あるいは連日、父から打擲《ちょうちゃく》されている息子を見ながら、何も手出しできないことに対しての心苦しさが母の中で積み重なっていたのかもしれない。思えば、三人で生活していた頃は、母のことも好きではなかった。しかし、二人で道を踏み外してから、引き返せない運命を共にするうち、親子というものの絆を実感するようになった。

ただ、新しい人生は母にとって過酷だった。一年で人の何倍も歳を取った。身体を壊し、働けなくなって、住処を移さざるをえないときもあった。

精神的にもきつかっただろう。罪の意識も澱《おり》のように心の中に溜まり続けていたに違いない。

淡野が二十歳をすぎた頃からシノギでの役目が上がり、稼ぎも増え、生活には一見、不自由がなくなった。一方で母は、心臓を病み手術を受けるなど、身体をいっそう悪くした。さらに、五、六年前から言動もおかしくなった。アルツハイマー病の発症だった。

認知症の症状が頻繁に出るようになった二年ほど前から、母には〔汐彩苑〕に入ってもらった。淡野はシノギに忙しく、付きっきりで見ていることはできない。

症状が強く出ているとき、母は淡野のことすら分からなくなる。記憶が混濁し、息子は漁に出たまま帰ってこないとか、あるいは車で事故に遭って死んでしまったとか、いろいろ口走る。その昔、父に対して、そうなればいいと考えていた妄想を含む、彼女の中のすべての罪の記憶が、淡野の存在に影を落としてしまっているのかもしれない。可哀想に、私が殺してしまったと口にすることもある。

どちらにしろ、目の前の自分は母に認識されず、淡野は何とも言えない気持ちになる。運命を共にしてきた相手が、目の前にいるはずなのに、どこにもいない。何ともやるせない思いだった。

そんな母を、淡野が自分を保ちながら受け入れるには、自分も虚構でもって接するしかなかった。対面営業のトークを彼女に対して繰り広げた。

普段の営業と同様、言葉巧みに説いて財布から札束をリアルに抜き出し、そののち、何かの隙や彼女が正気に戻ったときを見計らって、手持ちのいくらかを足したものを財布に戻したりした。母は元気なときからいつも金の心配をしていて、記憶が混濁しているときにはその不安感がよく舞い戻ってくるようだったが、淡野が社債の証書を何枚も見せてやり、これだけの蓄えがあると言い聞かせると、彼女はそれを信じて心から安堵してくれた。

正常なコミュニケーションが取れない中で編み出した二人の遊びのようなものだったが、彼女もそれを楽しんでいるようでもあり、淡野としては悪くない時間だった。

ただ、近頃は正常な時間よりも、虚構の時間をすごすことのほうが多くなった。親子の時間は幻のようにやってきてすぐに消え去り、淡野は一人取り残される。

くみ子が疲れたように眠り始めたので、淡野は部屋を出た。

「ああ、朽木さんの息子さん」

施設の女性スタッフが淡野を見て声をかけてきた。

「お母さん、だいぶ症状が進んできたみたいで」

彼女は表情を曇らせて、そう打ち明けてきた。

「ええ」淡野はうなずく。「いろいろ変なことを話したりしてるかもしれません」

症状が出ても、手がつけられないような行動を取ることはないらしいが、自分は朽木くみ子などという名前ではないとか、夫なり息子なりを自分は殺してしまったのだとか、そういうことを話すことはあるようだ。その手当てを淡野はさりげなくしておく。

「そうですね」彼女は苦笑気味に言う。「可哀想ですけど、こればかりは」

「心臓の発作が、またときどきあるみたいですけど」

「ええ、それもだいぶ身体の負担になってますよね」彼女は言う。「毎食後のお薬も、ちゃんと飲んだかとか、我々も気をつけて見てはいますけど」

「ありがとうございます。何か気づいたことがあったら、また教えてください」

淡野は礼を言い、頭を下げて、彼女と別れた。


夕方、由香里の家に帰った淡野は、遠隔カメラの映像を拾い、大和の駐車場に停めてある車に異常がないことを確認した。

今夜はまた、巻島の番組がある。メッセージのやり取りを捜査の活路にするしかないと見定めたのか、巻島は放送を週に二回のペースに上げようとしているらしかった。

しかし、その裏で、若宮との交渉は進んでいる。取引が成立すれば、淡野が番組に参加する意味もなくなる。あとは、適当なところで消えるだけだ。

今夜また、渉と出かけることを由香里に告げると、彼女は仕事を中断して、早めの夕食を用意してくれた。それを食べ、渉を待つ。

庭に設けた菜園では、こんもりした畝の上でトマトの苗が枝を伸ばし、ゴボウの種も芽を出して、葉を広げ始めている。

大根の種も植えたが、暑くなる季節には向かなかったと見え、発芽したあと、葉が増えないうちに萎れてしまった。その分、間引かなければならないゴボウの芽をその場所に移した。秋にはきんぴらごぼうとトマト煮込みのパーティーだと、由香里は楽しそうに世話をしている。

そんな庭を眺めながら由香里が切ったスイカを食べていると、夏の日が落ち切った頃に、渉が車で迎えに来た。

「行ってくる」

淡野は由香里に告げて、渉の車に乗った。

由香里が何も訊かないから淡野は何も言わないが、渉は絵里子に、兄貴と競馬のトゥインクルレースに嵌まっていると話しているらしい。

お前はギャンブルに向いていないのだからやめろと言われなかったか、渉に訊いてみたが、そういう言葉はなかったという。そうしてみると、絵里子がその話を頭から信じているとは言い切れないかもしれない。とはいえ、まさか二人が神奈川県警から金をふんだくろうとしているとは考えてもいないだろう。

「若宮が乗ってきた」

淡野が言うと、渉はハンドルを握りながら、思わずというように振り返りかけた。

」

「ああ」淡野は言う。「言葉を聞く限り、踏ん切りは付いてる。巻島に捕まってくれるなよとまで言ってきた」

「もらったも同然じゃないっすか」渉ははしゃぐようにそう言った。

「そう思うなら、お前が受け取りに行くか？」

「えっ……？」

淡野の提案に、渉は言葉を詰まらせた。

「この取引は、すべてのお膳立てがうまくいったとしても、成功率は半々だと俺は見てる」

淡野は言う。「巻島の息がかかった秋本の動きが最後まで読めない」

「警察相手ですから、そりゃ、簡単にはいかないっすよねえ」渉も弱気の虫を覗かせて言った。「でも、受け子とか、普通は事情の知らない誰かを雇ってやらせるもんなんじゃないんですか？」

「普通はそうだ。だが、そういう受け子は、機転の利いた立ち回りができない。無事受け取るか、捕まるかのどちらかだ。受け取れたけど、尾行が付いてて振り切らなきゃいけない、張りこまれてるから、いったん仕切り直すためにその場を離れておく……そういう判断ができない。今回の場合、向こうのトップである若宮はコントロールできてる。たとえ巻島の邪魔が入ったとしても、壊滅的にかき回されない限り、取引はやり直しようがある。現場の判断は大事だ。俺が直接乗りこんでもいいとさえ思ってる」

「いやいや、それはあれですけど……」

渉は慌てながらも、口ごもるようにして、悩みどころであることを明かした。

「大した働きもせずに、遊んで暮らせる日々が約束されるわけじゃないぞ」淡野はそう付け加えた。

「オーナーは、俺のこと、何て言ってるんですか？」

「淡野がそこまで言うなら、考えてやるってとこだ。ちゃんと納得させるには、貢献度をしっかり示したほうがいい」

「分かりましたよ」渉は腹を括ったように言った。「兄貴はオーナーの下で何年も働いてきたわけですもんね。この俺が、兄貴の運転手をちょっと務めただけで、兄貴と同じように遊んで暮らせるなんて考えるのは、そりゃ確かに虫がよすぎますよ。たとえブタ箱にぶちこまれるとしても、兄貴に金を渡したあと……それくらい、捨て身の活躍をしてやりますよ」

「頼もしいな」

淡野はそう応えながら、これで取引の準備がほぼ整ったことを意識した。

この夜、淡野は、渉の運転で東京の日野市や多摩市あたりを走る車の中で巻島の番組に参加した。

〈新しい計画とやらの準備は進んでるのか?〉

淡野が〔ネッテレ〕にログインし、巻島の番組にアバターを登場させると、巻島はいつものように、カメラを見ながら淡野に問いかけてきた。

〔準備は整った。あとはタイミングだけだ〕

淡野はそんな文章を打って送信する。

すぐに〔リップマン〕のアバターが震え出し、白い吹き出しを作って、淡野のコメントを表示してみせた。

〈もったいつけて言うからには、十万、二十万のヤマじゃないだろうな。いくらくらいを狙ってる?〉

番組参加時のログイン状況を追い、機種の特定や電波の発信地の特定を捜査本部は進めているが、思うような結果が出ていないことは、〔ポリスマン〕からも聞いている。巻島としては、新しい計画の中で〔リップマン〕が尻尾を出してくれないかというあたりに、期待がシフトしているようだ。それゆえ、計画の全景を少しでも見通そうと、それに関した疑問をあれこれぶつけてくるようになっている。

［大したことはない］［誘拐事件の半分くらいだ］淡野は巻島に付き合い、そう答えてやる。

〈誘拐事件の半分というと？〉

竹添舞子が〔リップマン〕のコメントを読み上げてから、巻島に訊く。

〈先の誘拐事件では、だいたい時価にして一億円相当の金塊が要求されました。その半分ですから、五千万程度の現金あるいは、価値を持った物品を狙っているということでしょう〉

〈半分とはいえ、今回も大金を狙っているわけですね。しかも、〔リップマン〕は、今度は誘拐ではないとすでに宣言しているわけですけれど、可能性としては、どんな形の犯罪が考えられるんでしょうか？〉

〈なかなか予想はしにくいんですが、宝石強盗や現金強奪といった力任せの犯罪ではないでしょう。我々は〔リップマン〕を基本的には詐欺の専門家だと見ています。ですから、その方面のシノギである可能性がやはり高いでしょう〉

〈〔リップマン〕の口ぶりからすると、振り込め詐欺のように手広く仕掛けて金を集めるというより、特定の相手に狙いを定めて、そこから一気に五千万なりを騙し取ろうとしているようにも思えますが〉

〈そうですね。私もそう捉えています。ただ、五千万とすると、何人もの人間が動く大がかりなものではないとも言えます。例えば、不動産詐欺であるとか、投資詐欺となると、普通は役割を分担する何人かのチームで仕掛けますし、自然、狙う上がり、金額も億単位のものになりがちです。今回は金主の下に〔リップマン〕がいて、せいぜい手足となる者が一人か二人いる程度の規模でのシノギというものが想像できるわけです〉

［残念ながら詐欺ではない］淡野はコメントする。［我々の活動に共感する相手に、スポンサーになってもらうということだ］

〈スポンサー？〉巻島はそれを見て眉をひそめる。〈それはつまり、何かの事業計画をでっち上げて、誰かから金を引き出すという詐欺行為そのものじゃないのか？〉

［違う。俺は誰も騙していない］淡野はコメントを連投する。［先方に対して、俺はリップマンだと名乗っている］

巻島は明らかに、このコメントに衝撃を受けたようだった。淡野が送るコメントに対し、彼は当意即妙に感想を言ったり、次の質問を繰り出してきたりしたが、ここではとうとう黙りこんでしまった。

［この番組が俺の晴れ舞台になっている］［この番組での俺の活躍を見て、スポンサーは支援を決めてくれた］

犯人逮捕のために仕掛けている捜査番組が、その犯人のシノギの道具に利用されているという現実を、巻島は簡単には受け入れることができないようだった。

「巻島、ありがとう」

巻島の表情が強張った。その顔が紅潮しているようにも見えた。

「世の中には、金が余って使い道に困っている人間がいる」「持ち主は、金などなくなったほうがせいせいすると思っている」「だから、俺が使ってやろうかと彼に提案した」「そして彼は、渡りに船とばかりに了解した」「ということだ」

淡野が次々と打ちこんでいったコメントを、巻島は食い入るように見ている。そして、詰めていた息を吐くように口を開けてから、小さくうなずいた。

〈恐喝か……〉彼は裏側を悟ったように、そう呟いてみせた。

〈恐喝ですか……？〉竹添舞子が解説を求めるように訊き返した。

〈ええ〉巻島は言う。〈普通に考えて、金が余って困っている人間などいません。つまりは、金を引き出せる人間についての弱みをつかんでいるということだと思います〉

〈なるほど〉竹添舞子がうなり気味に相槌を打つ。〈その恐喝をするに当たって、この番組で名前を売ったことが役立ったと「リップマン」は言っているわけですね？〉

〈そう取るのが自然でしょう〉

「巻島、けっこう、勘いいっすね」渉が苦笑混じりに言う。「兄貴、ちょっと匂わせすぎじゃないっすか？」

「これくらいは構わない」淡野は言う。「その相手が県警の身内だとは、さすがにやつも思ってないだろう」
「間違いない」渉が笑う。
［恐喝とは人聞きが悪いな］淡野はコメントを送る。［相手にも十分価値がある取引だ］
〈その相手は、いったい何を得るんだ？〉巻島がカメラをにらんで問いかけてくる。
［多くのものだ］［自分自身と仲間と組織を守ることができる］
〈企業恐喝か〉巻島は言う。〈何をつかんだか知らないが、五千万とはずいぶん吹っかけたな〉
［額は妥当だ］［巻島も自分の仲間や組織が大事だという気持ちは分かるだろう］
淡野は少し考えてから、もう一つ、コメントを追加した。
［本田や秋本は可愛いだろう］
〈『本田や秋本は可愛いだろう』……？〉竹添舞子がコメントを読み上げ、巻島を見る。〈本田や秋本というのは？〉
巻島は絶句している。表情の強張りは先ほどにも増している。
「秋本って、裏金の保管メンバーっすよね。本田ってのは？」渉が運転しながら訊いてくる。
「巻島の右腕だ」

「ははは、兄貴も攻めますねえ」渉は呆れたように笑っている。

〈本田も秋本も、今回の捜査本部に入っている同僚です〉

画面の中では、巻島が竹添舞子の疑問に答えている。

〈どうして〔リップマン〕が、巻島さんの同僚のことを知っているんでしょうか？〉

〈分かりませんが〉巻島は若干口ごもりながら答えている。〈その二人は私と同じ警視級ですから、異動の情報は新聞にも載ります。それをさかのぼって拾い、職名から類推すれば、今回の捜査本部に入っていると見当づけることは不可能ではありません〉

〈なるほど、そういうことですか〉

竹添舞子は納得したような返事を口にしたが、当の巻島が納得していないのは明らかだった。

若宮のグループが、山手署の捜査本部にスパイがいると騒ぎ立てることによって、捜査を遅滞させる目論見を持っていることは、若宮本人から匂わされている。

それがやりやすいよう、淡野はお膳立てをしてやった形だ。

もちろん、〔ポリスマン〕には一言断っている。彼は、いい迷惑だと声に怒気を忍ばせていたが、すでに十数年、警察の人間としてその世界を渡り歩いてきた男だ。簡単に尻尾を出すような真似はすまい。

視聴者のアバターたちがそんなコメントを口々に発しているが、巻島は見えていないかのように、それらを受け流している。

〈もしかしたら、〔リップマン〕からの恐喝被害に遭っている企業の方が、この番組を観ているかもしれません〉巻島は話題を変えるように、そんな話を始めた。〈もし観ているのであれば、ぜひ、勇気を出して、我々に通報していただきたいと思います。これ以上、〔リップマン〕の好きにさせてはいけません〉

「若宮に言えよ！」渉が突っこむように言って笑った。

［ほっといてやれ］淡野はコメントを打ちこむ。［世の中には、隠しておいたほうがいいことがある］

巻島はそのコメントを見ながら、馬鹿馬鹿しいと言いたげに首を振った。

〈犯罪が絡んでいる場合はその限りじゃない〉

［事実を知れば、そんな言葉は吐けないだろう］

巻島が目をかけている秋本も関わっているという皮肉な現実を、暗に含ませてやったが、コメントを送ってから、少し踏みこみすぎたかとも思った。

巻島はコメントを見つめながら、かすかに眉をひそめている。

「きれいごとだけじゃ、世の中回らないということだ」

ごまかし気味にコメントを付け足しつつ、今日はこのへんにしておこうと思った。

「帰るぞ」

調子に乗って相手になっていると、向こうの狙いに嵌まりかねない。

23

「では、今日から組まれた企業恐喝情報の確認班――班長は木根だったな。始まったばかりだが、これは結果が急がれてる。一日やってみての手応えはどうだ？」

巻島の番組終了後、「リップマン、五千万円の企業恐喝を計画か？」というネットニュースが上がり、捜査本部には、番組視聴者やニュースを見た一般市民から様々な情報がもたらされた。そこで巻島は、それらの情報の真偽を確認する専従班を新たに組んだ。班の責任者には、普段も企業恐喝担当として特殊犯中隊の中隊長を務めている木根貞二《ていじ》を充てた。

そして一日が終わり、全体会議が開かれる中、進行役の本田が木根を呼び、作業の手応えのほどを尋ねたのだった。

「はい」

指名された木根は、おもむろに立ち上がって、軽く咳払いしてから話し始めた。

「まず初めに、巻島捜査官、昨日の番組出演、お疲れ様でございます。番組の成功に捜査の成否を託す一人として、捜査官の奮闘ぶりには大変頭が下がる思いであり、この場を借りて敬意を表したいと思います。この帳場の指揮官があやってメディアに颯爽とした姿を見せているのは、我々としても誇らしく、全体の士気にも好ましい影響をもたらしていると感じております。私も番組配信時には、手に汗を握り、固唾を呑んで捜査官の活躍を見守っている次第でございます」

巻島は思わず本田と顔を見合わせた。この手の発言の機会に、ここぞとばかりに一席ぶつ者はたまにいるが、会議の時間が延びるだけであり、誰も喜ばない。

「おそらく私などがあのような場に出たとしても、視聴者の注目を集めることなどはとてもできないでしょうし、ましてや、アバターに姿を借りた［リップマン］から手がかりを引き出そうと、丁々発止のやり取りをすることなど、まったく覚束《おぼつか》ないことでしょう……」

「おいおい、どうした？」本田がたまりかねたように口を挿んだ。「特に報告することがないなら、早くそう言え」

会議の参加者たちから笑いが洩れる。

「いえ、そういうわけではありません。巻島捜査官の獅子奮迅のご活躍に対して感銘を受けている身として、どうしても一言申し上げたかったわけでございます」

そう言って木根はようやく本題に入り、世間から寄せられた情報から二、三の企業の不正問題を取り上げたが、それらに信憑性があるとしても、誰かがそこに恐喝をかけているような兆候は見られず、引き続き慎重な確認作業が必要だというものであった。

「あと、それから……」

「ああ、もういい。十分分かった」

なおも木根が話を続けようとするのを、本田が制した。

「いえ、この件とは別に、少々気になっていることがございますので、申し上げたいと思います」

木根は遠慮するような素振りは微塵も見せず、むしろ、声のトーンを上げて話を続けた。

「巻島捜査官が出演された昨日の番組を拝見しておりましたところ、〔リップマン〕からこういうコメントがありました。『本田や秋本は可愛いだろう』」

木根は一字一句確認するように、手もとのメモを指でなぞりながら言った。

「私はこのコメントを見て、ぎょっとしました。なぜ〔リップマン〕はメディアに出ていない本田隊長や秋本代理の存在を知っているのだろうかと……巻島捜査官は番組の中で、人事の情報を新聞から探せば不可能なことではないとおっしゃっていましたが、私は正直なところ、〔リップマン〕が新聞から情報を得たなどとは思えませんでした。視聴者のアバターからは、捜査本部にスパイがいるのではないかというコメントがいくつも上がっておりましたが、私が直感的に思ったのも、まさにそれと同じことでありました」

「おい、何の話をしてるんだ？」

　会議室がざわつく中、本田が眉をひそめて咎めた。

「大事な話です」木根はその一言で本田の横やりを一蹴した。「思い返せば、四月の誘拐事件の際、水岡社長は受け渡し現場を独断で、帆船日本丸前だと偽ったことが明らかになってますが、砂山兄弟からは、その情報を犯人側がつかんでいたと思えるような供述も上がってきています。まったくおかしな話です。由々しき事態だと思います。我々が身を粉にして捜査に駆けずり回っても、鍵となる情報が〔リップマン〕に洩れていれば、これはいつまで経っても捕まえられるわけがありません。今までも表に出ていないだけで、〔リップマン〕を利するような情報漏洩が、相当数あったのではないでしょうか。それが、〔リップマン〕を捕えるに至っていない、今の状況を招いているのではないでしょうか」

「もういい！」

　本田が声を張り上げてさえぎろうとするが、木根は覚悟を決めたように、顔色を変えない。

「これはまったく、奇怪な話であります。とても、このまま放置しておいていい問題だとは思えません。〔リップマン〕を捕まえるより、まずこの問題を解決するべきです。Sを見つければ、そこから〔リップマン〕にもつながるわけですから、探す価値は大いにあります。Sはこの中にいるんです。あえて言うならば、一課が主体となっている帳場で、このような疑惑が上がった記憶はありません。この帳場は特捜隊が主体となっています。そういう帳場に、今、こうした疑惑が持ち上がっていることの意味を考えるべきではないでしょうか」

「どうして特捜隊にSがいるなんて決めつけられるんですか⁉」

特捜隊中堅の関《せき》が憤ったように声を上げた。

「別に決めつけてはいない！」木根が言い返す。

「決めつけてるでしょう！　何の根拠があって言ってるんだ⁉」

一気に大きな会議室の中が騒然となった。

「静かに！」本田は勝手に発言する捜査員たちを一喝し、木根をにらみつけるように見た。

「特捜隊に内通者がいると考える根拠は何だ？」

「ですから、そうは言ってません。ただ、普通の帳場では考えられない事態だと言いたかっただけです」

「根拠がないなら、紛らわしいことは言うな！」

本田も、自分が預かっている部隊をやり玉に挙げられただけに、かなり感情的に叱責の声を上げた。

「座りなさい」

巻島はやり取りを制するように手を上げ、木根に言う。木根は形式的な反省の言葉すら口に出せず、ふてぶてしささえ漂わせた顔をして、ゆっくりと座った。

「〔リップマン〕の内通者が県警内部に存在する可能性は、こちらでも把握している」巻島は言った。「ただ、この帳場内にいるとは限らないと思っている。また、〔リップマン〕にどれだけの情報が流れているかもよく分かっていない。勝田南での一件からして、我々の捜査が逐一向こうに洩れているわけではないと考えたほうが現実的だろう。捜査の障害にはなるかもしれないが、致命的なものではない。我々が優先すべきは、何より〔リップマン〕の行方をつかむことであって、内通者を炙り出すことではないんだ。諸君には、どうか雑音を気にせず、それぞれの任務に集中してもらいたい」

捜査員たちはまだ動揺を隠せないように、ざわざわとそこかしこで話し声を立てている。

「もちろん、何か気になることがあれば、指令席に座っている誰でもいい、遠慮なく話してくれ」

巻島はそう言い、散会を告げた。

「まったく、あの木根ってのは、いったい何を考えてんだ？」

会議が終わっても、本田は腹の虫が治まらないといった様子で、ぶつぶつ言っている。

「言いたいことがあれば、幹部会議で言えばいいだろうに、何でまた、みんなが集まってる場でわざわざ物議を醸すようなことを言うんだ？」

そのぼやきは、木根の直属の上司である秋本に向けられているようでもある。ただ、秋本は本田に詫びを入れるでもなく、居心地悪そうにしながら巻島や本田の顔を盗み見るようにしているだけだ。

「何か聞いてるのか？」

秋本の様子が気になり、巻島はそんな問いかけを彼に向けた。

「あ、いえ……私は何も」

秋本は慌てるように首を振った。

「そりゃ、秋本に言えば止められるでしょうから、木根も言いやしませんよ」と本田。「あいつ、特殊班の中隊長とはいえ、去年までは、中畑の下でやってたんでしょう。俺は捜一の人間だみたいなプライドだけは立派に受け継いでるんだ」

「秋本、一度、さっきの話の真意を木根に訊いておいてくれ」巻島は言った。「俺が直接問い質してもいいが、君が何も聞いてないなら、まず上司の君が把握に努めたほうがいい。それでもし、何か根拠があるということなら、ちゃんと我々のほうで取り上げなきゃいけないし、ないなら、仮にも警部級の人間がいたずらにそういう発言をすべきでないと、はっきり言わなきゃいけない」

「ええ……確かにまあ」

秋本の口調は、どこか木根に気を遣っているような、煮え切らないものに聞こえた。

「どうした?」巻島はもう一度、彼に問いかけた。「何か気になることでもあるのか?」

「いえ、そういうわけじゃ……」秋本は口ごもるように言った。「ただ……」

「ただ……?」

「ええ……内通者の存在というのは、私もずっと引っかかっていたことでして、もし帳場内にいるのなら、早めに炙り出したほうがいいのではないかと」

「どうやって?」

巻島が問うと、秋本は顔を伏せ気味にし、「いや、具体的な方法があるわけじゃないんですが」と言いにくそうに言った。

具体策のない進言に、巻島はやれやれと、本田と顔を見合わせるしかない。

内通者の存在は、巻島も気にはなっている。忘れてはいない。

しかし、帳場内にいるとは限らず、見つける方法はないに等しい。

「我々が特定に乗り出さないと、現場が互いに疑心暗鬼になってしまう気がします」

「だからそれは、木根にがつんと言ってやって、自分の話には根拠がありませんでしたってことを、また会議の場で一言言わせるんだよ」本田がカリカリした口調で言った。

「でも、内通者の存在までは否定できるものじゃないですからね」

「そんな、県警のどこにいるかも分からないようなのは、そのへんに漂ってるウィルスや雑菌と一緒で、いちいち気にしてたらしょうがないことだよ」本田が言う。「ただ、特捜隊が怪しいなんて話になると、こいつらは病気持ちだから近づくなって言ってるのと一緒だから、そりゃ、現場はざわつくよ。そこを何とかしないとってことだよ」

秋本は簡単には首肯しない。分別の利いた普段の彼からすると、珍しいことだと言ってもよかった。やはり、木根から事前に何か聞いていたのではと思わざるをえない。

「本当に何も聞いてなかったのか？」巻島はもう一度訊く。「木根じゃなくても、特殊班の誰かからとか」

「特別聞いていたわけではありませんが」秋本は言う。「今日一日の様子から、そういう引っかかりを彼らが持ち始めているのは、何となく感じていました」

「昨日の番組を観てからということだな。それはいいが、特捜隊というのは、どっから出てきた？」

「それは分かりません」秋本は首をひねった。「木根自身の心証ではないかと」

具体的には何も聞いていないということである。そうであるなら、検討しようがない。

「こういう問題の場合、誰かが怪しいということなら、動きようがある」巻島は言う。「そいつが黒か白かを探ればいいからだ。けれど、このケースはそうじゃない。特捜隊にいると限定するのに根拠がないとすれば、とりあえず、帳場全員を対象にしなきゃいけない。八十人からの人間を対象にしてどうする？　監察に全員を行確させるか？　それとも携帯を提出させて履歴をくまなく洗うか？」

秋本に問いかけ、巻島は首を振ってみせる。

「不可能だ。そんなことをしてたら、どちらにしろ捜査どころじゃなくなる。帳場が持たない」

表情には相変わらず納得した色は浮かべていない、かといって、何かの打開策を温めているふうでもない。

「〔リップマン〕は新しい計画に手をつけようとしてる。今はそちらに集中しなきゃいけない」

巻島は押し切るようにして、そう言った。

24

「小川くん、何してんの？　帰らないの？」

会議が終わったあと、小川が山手署の一階ロビーのベンチに座り、一人うなっていると、特捜隊の同僚・松谷鈴子が通りかかって声をかけてきた。

「いやあ、帰りますけど……」

どうしたものかと思っている。

小川の苦悩をよそに、彼女は彼女で憤懣やるかたないと言いたげなため息を大きくついた。

「だけど、さっきの木根さんの言い種、頭に来るよねえ。この帳場は特捜隊が主体って、何か私たちが威張り散らしてるみたいじゃない。巻島さんや本田さんが帳場仕切ってるだけで、私たちはいつもと何にも変わってないのにさぁ。男のやっかみは本当、醜いわ」

鈴子の話を聞き、小川はますます深刻な気持ちになる。同じ隊に属していながら、彼女は何も気づいていないのだ。

小川が引っかかっているのも、先ほどの会議での木根の話である。

木根は、〔リップマン〕のスパイが特捜隊の中にいるのではないかと、暗にほのめかしてみせた。

彼自身、本田に追及されると、そこに根拠はないと答えていた。だから、どういうつもりで言ったのかは分からない。

しかし小川は、彼の話を聞いて、同僚の一人の顔が頭に浮かんだのだ。

同期の青山祥平である。

普段は小川たちと同じく、与えられた任務を普通にこなしているように見える。

しかし、同期会で話をしてみたり、あるいは一緒に組んで仕事をしてみたりすると、ちょっと変わったところがあるのが分かった。

やたら帳場内の人物情報などを知りたがるのである。

あれなど、まさにスパイの特性ではないか。

〔リップマン〕は〔ネッテレ〕の番組内で、巻島の下に本田や秋本が付いていることを知っていると明かしてみせた。

それくらいの情報は、青山がスパイであれば、簡単に手に入るだろう。

このことはどうやら、小川以外、気づいていないらしい。会議後、特捜隊のメンバーは鈴子のように憤っていただけだったし、河口や久留須ら同期は、ほかのことを話していただけだった。

小川はスパイではないが、組織内の話には敏感なのである。目の前の松谷鈴子が誘拐事件で組んだ特殊班の村瀬次文に好意を持ったらしく、その後も帳場内で何かと彼に話しかけては、しなを作って笑顔を振りまいていることも知っている。

しかし、青山の問題は深刻だ。簡単に口にしていいこととも思えない。相手は同期で、同じ隊の仲間である。その人物を売るような話になってしまう。

「じゃあ、お疲れ」

鈴子は署を出ていく村瀬を見つけると、あっさり小川に背を向け、彼を追っていった。

どうするべきか。

小川はこの帳場の行方を左右する重大な鍵を自分一人が握っているような気になり、帰るに帰れなくなっていた。

「あ、小川さん」山口真帆が署に入ってきた。「会議、終わった？」

彼女は県警本部での仕事があるため、帳場に張りついているわけではない。こうやって、一日の終わりに様子を覗きに来るだけという日もある。

「終わりましたけど……」

どこかいつもと違う様子に気づいたのか、真帆は小さく首をかしげてみせた。

「どうしたの？　何かあった？」

「いやあ、何かあったというか……」

小川は少し悩んだが、とりあえず、特捜隊にスパイ容疑がかけられた件を彼女に話すことにした。真帆は特捜隊を監督する立場でもあるので、知らせておくことはおかしくない。

「えー、何それ？」真帆は小川の話を聞き、憤りをあらわにした。「ひどいねえ」

「いやあ、でも、どこかにスパイがいるのは確実なんですよねえ」小川は言う。「課長も昨日の番組観たでしょう？」

「それにしても、特捜隊が怪しいって決めつけはないよねえ」

普段は物腰が柔らかい彼女も、ぷりぷりと怒っている。

「それなんですよ。それなんですけどねえ……」

小川の奥歯に物が挟まったような言い方に、真帆はすがめた目を向けてきた。

「何？　どうしたの？」

「うーん」

小川は言おうかどうしようか迷う。言えば、仲間を売ることになる。しかし、青山がスパイであるとすれば、神奈川県警の危機と言ってよく、ここで自浄能力を発揮できるかどうかは大きな問題である。

「ここだけの話ですよ」

課長相手にここだけの話が通用するとは思えないが、小川はそれを承知で断りを入れた。

つまり、言おうと決断した。

仲間どうこうという小さな問題より、小川はもっと大きな問題に立ち向かうことにした。

25

「お疲れ様です」

巻島たちが指令席で週明け以降の捜査方針を確認していると、山口真帆が姿を見せた。捜査本部は全体会議が終わり、捜査員の半数以上は帰路についている。残っている者は、山手署が差し入れた飲み物片手に、めいめいが捜査談義を繰り広げている様子だ。

「会議は先ほど済ませました」

特別、捜査を進展させるような報告がないことも含めて、そんな言葉を巻島が向けると、山口真帆は承知しているとばかりにうなずいた。

「ちょっと、打ち合わせいいですか……本田さんも」

指令席にはほかに秋本や山手署刑事課長の坂倉《さかくら》らがいたが、彼らには関係ない話らしかった。〔ネッテレ〕の番組配信後は、いつも反響の大きさを嬉しそうに報告してくるのが最近の彼女だったが、今日はそうした素振りもない。

「じゃあ、隣に行きましょう」

秋本が、何の話か気になるようにそわそわと真帆に視線を向けている中、巻島は彼女の意思を汲んで席を立った。

「聞きましたよ、木根さんのこと」

会議室隣の小部屋に移り、応接ソファに腰を下ろすと、真帆は早速切り出してきた。

「課長もお怒りですか」本田が即座に反応した。「無理もありません。私も一喝してやりましたよ。しかも根拠がないって言うんですから。あんなのは帳場をいたずらにかき回すばかりで、ほっといていいものじゃありません。課長のほうからも若宮課長に一言クレームを入れてもいい話だと思いますよ」

「全然いいですよ。言ってやりますよ」

真帆が今からでも県警本部に戻ってそうするような勢いで口にしたので、巻島はやんわりと制する側に回ることにした。

「いや、この件はとりあえず、帳場内にとどめておいたほうがいいでしょう」

するとと真帆も、「そうですよね」と素直に応じた。「外にまで問題を広げたら、収拾つかなくなりますからね」

本田も、今は不満を呑みこむしかないようだと察したらしく、大きく鼻から息を抜いた。

「まあ、そうなんですけどねえ」本田がぶつぶつと言う。「秋本も下があんなこと言ってるのに、悪びれた様子もなくて、何か釈然としませんよ」

「え、秋本さんからも、一言もないんですか？」真帆が意外そうに言う。

「そうなんですよ。それどころか、内通者の問題は早く解決すべきだとか、妙な混ぜっ返しをしてきたりして」

「秋本さんも木根さんから何か聞いてるんですかね？」

「いや、だから捜査官も繰り返し、そう訊いたんですけど、そういうわけでもないらしいんですよ」

「うーん」真帆は考えこむようになってから続けた。「それと関係あるかどうか分からないんですけど、ちょっと小川さんから聞いたんですよ」

「小川から何をですか？」本田はあからさまに、胡散くさいものを相手にするような顔をした。

「青山さんの言動が普段から怪しいって」真帆は小声になって、そう言った。

彼女の話によると、小川が警邏活動で青山祥平と組んだとき、青山は同じ区域を回る捜査員の人物評をやたら詳しく聞きたがり、肝心の任務にはそれほど熱意を示さなかったという。

帳場の人間の情報を集めているのは、同期会のときなどでも見られ、彼の興味はほとんどそのことだけに絞られているように思えたということらしかった。

「でもそれ、小川の言うことですからねえ」

ソースが小川である時点で論じる価値がなくなると言いたげに、本田が乾いた苦笑いを見せた。

「そう、小川さんの話なんで、私もどうかとは思ったんです」真帆もその点は異論がないらしい。「でも、彼は彼で、割と内部の話が好きで、周りのこともよく見てたりするんですよ。刑事部門は巻島派と若宮派に分かれてて、お互いがいがみ合ってるとか、面白おかしく小石さんあたりに教えたりもしてるみたいですし」

「仕事もせずに、何やってるんだ、あいつは」本田が顔をしかめて言った。「あんなやつの話、真に受けてちゃ駄目ですよ」

小川のことをひとしきりくさした本田は、一方で「うーん、しかしな」と、気の迷いが生じているように頭をかいた。

「青山も確かによく分からないやつなんですよね」彼はそう続けた。「志願して特捜隊に来たって話だから、よっぽどやる気があるのかと思いきや、そうとも見えないですし」

「そうなんですよ」と真帆。「別にサボってるわけじゃなさそうですけど、日々の任務が終わると、彼だけさっさと帰ることもよくありますよね。私が話しかけても、けっこう素っ気ないのに、現場の人間の話には興味津々だっていうのも、何か気になりますし」

巻島も日常業務の中で特捜隊の隊員一人一人の働きをつぶさに観察できているわけではないが、自分がスカウトしてきた飯原や古井といった活きのいい若手に比べても、特に仕事ぶりで目立ったところがあるわけではない点にはうなずかざるをえない。物怖じしない性格だが、どこか捉えどころがないという面接時の印象は、今もそのまま残っている。

「まったく小川も、厄介な波風を立ててくれるな」

「しかし、聞いた以上は、ほっとくわけにはいかんな」巻島は言った。「あいつはときどき、でかいのを当てる……もちろん、隊内のことだから、当たってほしくはないがな」

「そうですね……外れてるとは思いますが」

本田もそんな言い方ながら、真偽を確かめざるをえないことを認めた。

「考えよう」

巻島は言った。

週明け、捜査本部に出た巻島は、津田の姿を見つけると、隣の打ち合わせ室に呼んだ。

「津田長、週末はリフレッシュできたか？」

若手刑事にお茶をいれてもらい、津田と応接ソファで向かい合った。

「おかげさまで」

帳場勤めも長くなり、平日は山手署や本部の仮眠室で寝泊まりしている彼ら足柄署の面々は、週末に連休を取らせて足柄に帰すようにしている。津田も自宅で孫の顔を見て、仕事の疲れを癒したはずだった。

「実は週末にちょっとした問題が持ち上がってな……例の内通者の件だ」

津田は砂山健春への聴取から、いち早く内通者の存在を嗅ぎ取り、巻島にそれを伝えている。

巻島は、木根の一件を彼に話した。

「帳場が混乱する火種にならなきゃいいがとは思ってましたが」津田は言った。「ちょっと、まずいやり方をされましたな」

「ああ」巻島はうなずく。「おかげで、帳場の空気も変わって、みんな、捜査に集中できなくなってる」

「何か不満でもあったんですかな？」

「分からないが、本田あたりに言わせると、一課が脇役扱いされてるのが気に食わないんじゃないかということだ」

「うーん……この帳場はむしろ、特殊班を主軸にして動いているように、私には見えてましたが」津田はそう言って、首をかしげる。

「俺もそこは解せないんだが、ほかの帳場とは違うやりにくさが彼らにはあるのかもしれん」巻島は言った。「秋本なんかも、ここに来て、落ち着きを失ってる。部下に焚きつけられたのか分からないが、内通者探しを優先させたほうがいいなんてことを言い出す始末だ」

「秋本さんが……」津田は眉をひそめた。「らしくありませんな」

「まあ、それはともかく、そういうごたごたの中で気になる話が出てきた」

巻島は、小川から上がってきたという青山についての話を津田に聞かせた。

津田は顔色こそ変えなかったが、デリケートな問題だというように、小さな息を一つ洩らした。

「同じ隊の仲間から怪しいと見えるなら、確かにほっとけませんな」

「ああ」巻島は言う。「木根が何の根拠もなく特捜隊に勘繰りを向けたとすれば、その言葉に引きずられた小川の疑念というのは、まともに取り合うべきものではないかもしれない。ただ、単純に同僚から言動がおかしいと見られているところには、何かあるのではという気がしないでもないんだ」

「しかし、それを確認するのは、なかなか難しい問題だと……」津田はお茶をすすりながら言う。「この程度の疑いで監察を引っ張り出すわけにもいきませんし」

「そう」巻島は同意する。「もし青山が内通者だとしたら、彼を特捜隊に引き入れた俺にも責任が生じるが、それはしょうがない。ただ、今の段階で監察を動かすのは違う。帳場内で見極めるべきだ」

「帳場内でどう見極めるか……」津田が呟くように言う。

「それを津田長にお願いしたい」

話の途中で薄々察していたというように、津田は何とも言えない苦そうな笑みを浮かべた。

「やり方は津田長に任せるが、しばらく青山と組ませるから、そのへんのところを探ってほしい」

「まあ、特捜隊とは無関係な人間のほうがいいでしょう」津田は自らを納得させるように、そう言った。

「悪いな」巻島は言った。「津田長がこの帳場にいてくれてよかった」

帳場の仲間を疑うにしろ、津田に任せておけば陰湿な話にはならない気がして、巻島は彼にすべてを任せることにした。

青山の件についてはひとまず手当てがついたが、木根が提起した問題自体は尾を引いたままだった。

「〔リップマン〕のSについて、帳場内で調査班を立ち上げるべきだと思います。その班の活動において、現場捜査員から情報を募ったり、調査対象となった人間に対して聞き取りを行ったりして、一刻も早く、Sの存在を突き止めることが重要だと思います」

この日の警部級以上による幹部会議に出席した木根は、特捜隊への言及こそしなかったものの、内通者の究明を何よりも最優先とする自説をここでも披露した。

「そんなことより、特捜隊が怪しいという根拠を示してくれと言ってるんだ」

この問題が持ち出されれば、本田もそう蒸し返さざるをえないようだった。

「別に怪しいとは言ってませんから、根拠を示す必要もないと思います」

木根は舌禍《ぜっか》として詫びを入れるわけでもなく、ただしらばっくれるように、そんな言い方をした。

「俺は別に責めてるわけじゃない。特捜隊の誰かの言動が気になるなら、俺のほうでも確認しなきゃいけないから教えてほしいということなんだよ」

青山の件があるだけに、本田の追及の言葉はトーンダウンしているが、木根はそれさえまともに取り合おうとしないように、「別に誰かの言動が気になるなどということも言ってません」とかわしてみせた。

「秋本代理はどう思うんだ？」

本田にすれば、上司の秋本が収拾をつける意味で一言、木根に代わって詫びを入れるか、少なくとも木根をたしなめるような言葉を口にしてくれないかというところだろう。

しかし、秋本がその意を汲む気配はなかった。

「内通者の問題が帳場内に動揺をもたらしているのは事実です。何らかの形でこれに対応する必要はあるのではないかと」

本田が思わずというように嘆息した。

「これについては土曜日の全体会議で言ったように、指令席に座る者が現場個々から逐次情報を受け取るという形にとどめたい」巻島は言った。「その上で対応を検討し、最終的には私が判断する。今の態勢で調査チームを立てるゆとりはないし、立てたところで成果が期待できるとは思えない」

これまでは一枚岩で来ていたように見えたこの帳場の幹部たちの間にも、亀裂が生じ始めていた。

「まったく……」

実りのない会議の進行で気疲れしたのか、本田は散会したあとも渋面のまま、首を回している。そして、そのついでに秋本をじろりとにらんだりしている。

巻島から見ても、秋本の言動がらしくないという感覚は強かった。捜査を円滑に進める上での勘所のよさが彼の持ち味だったのだが、それがにわかに見られなくなった。

それでいて、何か揺るぎない考えを持っているかというと、そういう様子でもない。会議が終わったあとは、巻島や本田の顔色をちらちらと気にする素振りも見せている。どこか、意に沿わず木根の味方をしているようにさえ見える挙動なのだ。

昼になると山口真帆がやってきて、捜査態勢がさらに崩れるような報告を持ってきた。

「若宮さんの要請で、特殊班は木根さんの班を残して、高津《たかつ》署の帳場に回ることになりました」

高津署では現金輸送車を襲った強盗事件の捜査本部が立っているが、複数の重要参考人の行動確認を遂行するのに、尾行技術に優れた特殊班の手を借りたいのだという。

「何でまた、こんな大事なときに」本田がそう愚痴る。

「企業恐喝担当の木根さんの班を残すのは若宮さんなりの配慮らしくて、けっこう恩着せがましく言われましたよ」真帆も若宮に押し切られたいきさつを、苦々しそうに披露してみせた。「秋本さんも基本的にはこちらの帳場に付いてて構わないそうです」

秋本が早速、特殊班筆頭中隊長の亀川を呼び、捜査員を高津署に回すよう告げた。

そうしてから彼はまた、巻島の顔色を盗み見るような視線をちらりと向けてきた。必ずしも本意ではないという思いがうかがえないでもないが、仕方がないという割り切りのほうが勝っているように見える。

「欠員分については、近隣署に声をかけて、補充したいと思います」

帳場の態勢はそれで問題ないはずだというように、真帆は力をこめて言ったが、十五、六人の人間が入れ替わってしまうと、捜査にも滞りが生じるのは明白だった。

追って、若宮から秋本の携帯に連絡があった。

「ちょっと、最初だけ高津署に顔を見せてきます」秋本はそう言って席を立った。「すぐ戻ってきますんで」

秋本が去った指令席には冷えたような空気が残った。

「何か、私、思ったんですけど」秋本が座っていた椅子に腰かけた山口真帆が、巻島のほうに腰を回して言う。「若宮さん、この帳場を邪魔しようとしてませんか？」

「そう思う節でもあるんですか？」本田が興味深そうに身を乗り出してきた。

「ありますよ」真帆は口を尖らせて言った。「普段あの人、帳場の人員編成を相談してくるときは、けっこう物腰穏やかですし、聞く耳も持ってるんですよ。でも今回は、有無を言わさずって感じで、びっくりしました」

「うーん」

本田がうなり、意味ありげに巻島を見る。

巻島は静かにかぶりを振った。

「今まで距離を置いて様子見を決めこんでいたのに、今になって足を引っ張ろうとする意味が分からないな」

「内通者騒ぎを耳にして、特捜隊云々というのを真に受けたんですかね」本田が言う。「そんな変な帳場に一課の班を何個も預けてられないと思ったとか」

「いや」真帆が声をひそめて言った。「木根さんの発言自体、若宮さんの入れ知恵ではないですかね？」

「しかし、何でまた……」その考えは本田にもなかったらしく、彼は戸惑い気味に言った。

「〔バッドマン〕事件のときも、巻島さんが〔ニュースナイトアイズ〕に出演するようになってから、一課の面々からいろいろ声が上がったっていうじゃないですか。今回もだから、〔ネッテレ〕の出演で反響が上がってますし、同じような心理が一課のほうで働いてるんじゃないですか」

「うーん、なるほど」

可能性としては十分考えられるとばかりに、本田は腕を組んでうなずいている。

しかし、そうした思いがあるからといって、わざわざ手を下して捜査の陰湿な妨害工作までするものだろうかという疑問が、巻島には拭えない。

「思い返すと、巻島さんが〔ネッテレ〕に出るようになってから、若宮さんの表情がやたら暗くなった気がするんですよね」と真帆。「〔ネッテレ〕に〔リップマン〕のアバターが出てきたあと、刑事部の幹部会議があったんですけど、私のその報告を本部長は上機嫌で聞いてるのに、若宮さんはまるでお通夜に出てるような顔してたんですよ。それがここ何日かで、ようやく吹っ切れたように戻って、そしたらこれじゃないですか。何か、反撃に出てきたように、私には感じられたんですけど」

巻島なりの疑問は残るものの、真帆の話が指している可能性も、理解することはできる。一課という括りで、何か共有しているものがあるのかもしれない。それが何かまでは巻島は分からないが、おそらく秋本は分かっている。そういうものがあるのだ。

その何かは、若宮がはっきり口にした言葉なのかもしれないし、暗に匂わせた気分なのかもしれない。しかし、単なる巻島や特捜隊に対するやっかみとは思えない。やっかみだけであれば、木根も秋本も、若宮のそれを共有できるとは限らないからだ。

やっかみではない何かが、巻島や特捜隊に向けて、一課の中で生じつつある。

それが何なのかは、もちろん気になるところであった。

26

「うわあ、俺の車、シャバいっすねえ」

　両側をカスタムカーに挟まれた自分の愛車をまじまじと眺め、渉は苦笑いを洩らした。

　彼のジュークも多少は手を入れているようだが、サーフボードを載せるルーフであったり、ラゲッジやシートを撥水仕様にしたりと、趣味のサーフィンに特化したものがほとんどであり、腰の入ったカスタムカーと並ぶと、ずいぶん行儀がよく見える。

「本番は〈槐屋〉に、こういう車を用意してもらう」

　淡野は居並ぶカスタムカーを視線で指して言った。

　夕方の大黒《だいこく》パーキングエリア。物々しいほど賑やかな週末と比べれば、まだ雰囲気も落ち着いて感じられるが、それでも、淡野たちがサングラス姿でうろついても目立たないほどに、尖った空気を発している輩たちがそこかしこを闊歩している。

「ここで受け渡しをするんですね」

　渉がそのときを想像したのか、少し緊張したような口ぶりで言った。

「そこを待ち合わせ場所にする」

レストランなどが入った休憩施設からパーキングエリアの出口方向に少し歩くとコンビニがあり、その手前に自販機コーナーとともに噴水がある。淡野はその噴水をあごで指して言った。

週末、渉の運転で横浜や川崎界隈をいろいろ回った結果、淡野は大黒パーキングエリアを裏金の受け取り場所にすることにした。帽子にサングラスといった格好が浮くこともなく、警察側が張っているかどうか、約束の時間前に付近を歩いて確かめることも難しくない。もちろん、高速道路上を含め、カメラの目を避けることができないというデメリットはあるが、外装がいじりやすいカスタムカーは〔槐屋〕が引き取ってくれるので、乗り捨てる必要もなく、その分、証拠が残りにくい。偽造のナンバープレートを使い、運転手に最低限の変装をさせておけば、あとになって警察がカメラの映像から捜査を進めようとしても、淡野や渉のもとまでたどり着くのは簡単ではない。

受け取り役の渉が緊張と興奮を抱えたまま車を運転するのもリスクがあるので、運転手には、越村の手持ちから兼松《かねまつ》という男を使うことにした。〔大日本誘拐団〕のときにも、金塊を運ぶバイクを運転した青年だ。

越村が「兼松くん」と呼んでいるので淡野もそう呼んでいるが、本名は知らない。現役の大学院生らしいが、それもどうでもいい話だ。口数が少なく落ち着きがあり、アクシデントがあっても決して取り乱すことがないところを越村に買われている。運転手しか引き受けないので使い道は限られるが、ここぞという現場での運転手を求めると、越村は決まって彼を推してくる。

「サツが張ってないかどうか確かめて、ここで金を受け取り、車に戻ればいいんでしょ。楽勝っすよ」

渉が笑みを強張らせながら、強がるように言った。

「張ってるのが分かったら、どうする？」淡野は訊く。

「兄貴に知らせますよ」渉が言う。「そんで兄貴が若宮に電話して、張ってる刑事たちを退かせるか、場所を変えるか、させるってことで」

「受け取ったあとで、張られてることに気づいたら？」

「そうっすねえ」渉は広い駐車場を眺めながら言う。「そしたらもう、逃げるしかないっすよ。駐車場逃げ回って、逃げ切れないと思ったら、車に金だけ投げこんで、俺はオトリになりますよ」

彼なりに、受け渡しを何としてでも成功させようと考えていることは、淡野にも伝わってきた。

成功のイメージは思い描くことができる。

アクシデントさえなければ。

巻島がこの動きに気づくかどうかだ。

「兄貴はどこで待つんですか？」

「俺も一緒に行く」

「じゃあ、心強い」渉がほっとしたように言う。

「車の中で、巻島の相手をしてる」

「なるほど」渉が感嘆の声を上げた。「〔ネッテレ〕の番組に受け渡しをぶつけるわけですね」

巻島自身、とっさの捜査指揮はとれない状況であり、部下の捜査員も多くは番組を観ているだろうから、捜査本部は開店休業状態だ。巻島が直前まで若宮らの動きを察知できなければ、そのまま受け渡しは成功する可能性が高い。

巻島が若宮らの動きをつかみ、捜査態勢を受け渡しの対応に回せば、〔ポリスマン〕からその旨が知らされることになっている。〔大日本誘拐団〕のときとは違い、今回は〔ワイズマン〕が企てた案件だけに、そのあたりはしっかりこなしてくれるはずである。

ただ、巻島の察知が受け渡しの直前になり、〔ポリスマン〕が淡野に知らせる時間がないという事態は起こりえる。しかしその場合は、〔ネッテレ〕の番組に出演する巻島の姿に気配が現れるだろう。もしかしたら番組の出演が取りやめになるかもしれない。そこまで分かりやすい動きがあれば、受け渡しを中止するだけだ。

「金曜っすか」渉が訊く。「それとも、もしかして、明日？」

「いや、金曜だ」

週末を控えた夏の夜、大黒パーキングエリアはほとんどカスタムカーの見本市と化す。その賑わいに紛れて取引を決行する。県警が規制をかけ、パーキングエリアを閉めることもあるようだが、番組が配信される時間帯であれば、それにも引っかかることはない。八時から始まる巻島の番組をチェックして、八時十五分に受け渡しを行い、さっさとこのパーキングエリアを去るだけだ。

「さすが、淡野だ」

〔ワイズマン〕に案を披露したときも、そんな褒め言葉をもらった。それを思い出して、淡野は感慨にふける。

警察幹部を強請《ゆす》って裏金を頂戴するという、〔ワイズマン〕ならではの大胆不敵な計画に淡野が自身の才覚でもって脚色し、そして実行する……まさにこれまでのシノギの集大成であり、湧き上がった感慨は、淡野の内面が武者震いを起こしているようなものだった。

翌日の夜、淡野は、渉が運転するデミオで昭島《あきしま》あたりを走りながら、巻島の番組に参加した。

〈〔リップマン〕、新しい計画とやらの進み具合はどうなってる？〉

巻島がカメラに向かって問いかけてくる。

［準備は整った］［相手もいつでも渡せると言ってる］［あとはタイミングだ］

淡野は次々にコメントを送信する。

〈受け渡しは直接会ってやるのか？　受け子を使うわけか？〉

若宮とはまだ受け渡しの詳細を詰めていないが、淡野は自分自身が受け取りに出向くと言うつもりである。そのほうが若宮にも、失敗できないというプレッシャーを与えることができる。サングラスをかけた渉であれば、淡野の顔をかろうじて画像で認識している程度の彼らには、見分けがつかないだろう。

［受け取りは俺自身が出向く］［スポンサーにはそれなりの礼儀を尽くす］

竹添舞子が淡野のコメントを読み上げると、ハンドルを握る渉が「なるほど」と声を上げた。

「俺は兄貴の影武者として行くわけですね」

「お前もある意味、〔リップマン〕だ」

淡野が言うと、渉は嬉しそうに笑った。

〈にわかには信じがたいな〉

タブレットの画面の中では、巻島がそんな疑問を呈していた。

〈お前には、出し子や受け子を使う振り込め詐欺の手口が染みついているはずだ。誘拐事件でも、グループのリーダーが受け取りに行くと言いながら、現場に現れたのはただの受け子だった〉

［信じなくても構わない］［巻島と取引するわけじゃない］［受け子でも、必要があればやる］

〈相手がどこかの企業の幹部なので、［リップマン］も本人が出ていくということでしょうか？〉

竹添舞子が巻島にそう水を向けた。

巻島は軽く首をひねる。

〈いや……もし本当に本人が受け渡しの現場に出ていくとするなら、よほど勝算があるか、あるいは逆に我々警察の介入が直前まで見通せないと考えているのでしょう。受け子にはできない判断を迫られる可能性があると彼が読んでいるなら、彼自身が出ていくこともありえます〉

〈前回、巻島さんが被害企業に通報を呼びかけましたが、〔リップマン〕自身も捜査の影がひたひたと迫っていることを感じているんでしょうかね?〉

〈もちろん、我々のもとにはあれから様々な情報が寄せられていて、現在、全力で調べを進めています。〔リップマン〕がその気配を敏感に嗅ぎ取って慎重になっていることは、十分考えられます〉

「何、適当なこと言ってんだ」渉が嘲るように言った。「兄貴、言い返してやってくださいよ」

「残念ながら捜査の影は感じない」淡野はコメントする。「実際、捜査どころじゃないだろう」「内部のスパイ探しで忙しいはずだ」

竹添舞子がコメントを読み上げると、渉が愉快そうに笑った。

「いいっすねえ」

巻島は努めて無表情を装っているように見える。しかし、なかなか言葉が出てこないあたりに、彼の心中が読み取れる。

〈スパイ探しなどしていない〉少しして、巻島はようやく、そう口を開いた。〈お前が捜査本部を混乱させようとして、言っているだけのことだ〉

「巻島こそ、見つけられないから、そう言ってるだけだろう」淡野は忍び笑いを洩らしながら、コメントを打ちこむ。［すべての捜査員を疑え］［すべての捜査員を嘘発見器にかけろ］［そうすれば見つかるかもしれないぞ］

〈お前は我々を混乱させようとしてるだけだ〉巻島は首を振る。〈我々の目的は、あくまでお前を捕まえることにある〉

彼の動揺は、淡野には手に取るように伝わってくるが、番組を観ている一般視聴者は、犯人側の卑劣な揺さぶりにもまったく動じない捜査官だと映っているかもしれない。そうした、抑えの利いた挙措を見せられると、それを崩してやりたいという気持ちが芽生えてくる。

［ポリスマンも見つけられないのに、俺を捕まえることができるのか？］

〈［ポリスマン］というのは……いわゆるスパイのことを言ってるんでしょうか？〉

竹添舞子が戸惑い気味に訊くが、巻島は答えようとしない。

一方で、一般ユーザーのアバターたちが、［ポリスマン！］［新キャラ出た！］［スパイの存在確定だろ！］と騒いでいる。

［ポリスマンの存在は大きい］淡野はコメントする。

裏金の事実をつかんできた［ポリスマン］の働きを、匂わせすぎない範囲で言及してみる。本人にクレームを付けられても、褒めただけだとしらばっくれればいい。

〈なら訊くが、すべての捜査員とはどういう範囲を指して言ってる？〉巻島は冷静な口調でそう訊いてきた。〈現在の捜査本部に入っている捜査員のことを指しているのか、あるいは県警内のすべての捜査員を指しているのか?〉

〔ポリスマン〕の話しぶりからすれば、捜査本部には入っているようだが、実際にどうなのかは分からない。

ただ、県警内のすべての捜査員と答えたところで、話が茫漠となりすぎ、取りとめがなくなってしまうことは分かる。

〔お前の指揮下にいる捜査員だ〕淡野はそう答えた。

〈俺の指揮下にいるとは?〉巻島はさらに問いかける。〈統括する特別捜査隊のことか、それとも今の捜査本部のことか?〉

特別捜査隊に〔ポリスマン〕がいれば、それはそれで面白いが、彼がどの部署に所属しているのか淡野はもちろん知らない。

〔巻島、必死だな〕淡野は、そうはぐらかした。〔全員を嘘発見器にかければ分かることだ〕

淡野にかけたポリグラフがほとんど何の反応も示さなかったことを面白がった〔ワイズマン〕は、その頃シノギで使っていた少年たちにもポリグラフをかけてみたという。すると、淡野と同様、ほとんど反応が見られない者が一人いた。

それが当時沼田と呼ばれていた〔ポリスマン〕だ。それを買って、〔ワイズマン〕は彼を警察官にさせたと言ってもいい。

もちろん、巻島が淡野の口車に乗り、捜査本部の人間を全員、ポリグラフにかけることまでは期待していない。それをすれば、捜査本部が機能停止に陥ることくらいは、巻島も分かっているだろう。

〈［リップマン］こそ、我々をどうにかして揺さぶりたいようだな〉巻島がそう言い返してきた。〈残念ながら、うちの捜査員たちは、そんなまやかしの話に動じるような連中じゃない〉

動揺したと思ってさらに揺さぶると、逆に落ち着いてくる。そのあたりの肝の据わり方は若宮とは違い、淡野は楽しくなってくる。

［無条件に部下を信じるのは勝手だが、あとで吠え面をかくなよ］［ポリスマンだけじゃない］［裏切者はほかにもいるぞ］

かなり踏みこんだ感覚はあったが、その分、巻島の反応が楽しみだった。

巻島はモニターがあるらしき場所をじっと見つめている。その間、表情はほとんど変わらないが、わずかに頬が強張り、目もとに険が生じたように、淡野には見えた。

〈『裏切者はほかにもいるぞ』とのことですが……〉竹添舞子が、巻島に反応を求める。

巻島は軽く首をひねってみせただけだった。馬鹿馬鹿しくて相手にできないとでも言いたげだ。

しかし、そこには確かな動揺があった。画面を通して丁々発止のやり取りを続けてきた関係だからこそ気づくことができた程度の変化だが、淡野はそれで満足することにした。

番組が終わってから、淡野は大和の駐車場に戻る帰り道の中で、若宮に電話をかけた。

〈あんまり調子に乗ってもらっちゃ困る〉先ほどの番組を観ていたらしい若宮は、そんな苦情を口にした。〈巻島に動きを感づかれたらどうするんだ?〉

「大丈夫だ」淡野は変声アプリを使って答える。「取引はあいつの番組出演中に行う」

〈番組……〉若宮がはっとしたように言う。

「そう、次の番組。金曜日だ」

そう来たかというように、若宮はうなり声を洩らした。

〈場所はどこだ?〉

「大黒パーキングエリア。二十時十五分。コンビニ側にある噴水の前。若宮、お前が来い」

〈そっちは、お前が来るんだな?〉

「そうだ」淡野は答える。

〈分かった〉

すでに覚悟は決めていると見え、開き直ったような返事が来た。

「現金は風呂敷に包んで、地味なトートバッグで運べ。一つだけ合図を決める。もし巻島たちに受け渡し場所が張られていることが分かったときは、バッグを抱えるように持て。その場合は受け渡しを延期する」

〈分かった〉若宮は言う。〈山手の帳場が動くようなことがあっても、秋本が教えてくれる〉

「裏切られないように気をつけろ」

〈大丈夫だ〉

秋本のコントロールには自信を持っているように、若宮は応えた。

「渉、聞いたな？」

電話を終え、淡野は渉に声をかけた。

「バッグを抱えてたら、受け渡しは中止ですね？」

「そうだ」淡野は言う。「お前自身も周りをよく見ながら若宮に近づけ」

「了解っすよ」

渉は威勢よく返事をしながら、「へへっ」と、何かをごまかすように笑い声を洩らした。

「何か、緊張してきたな……」

それが本音であるらしく、彼は小さく独りごちた。

27

「〔掃部山《かもんやま》産業〕、〔港町珈琲〕、〔カスミヤ〕……これらは経営者のスキャンダルや不正の告発が複数寄せられていましたが、いずれも今回とは関係なさそうですね」

捜査本部の指令席に捜査幹部が集まり、番組の視聴者や一般市民から寄せられた情報をもとにした捜査の進捗が確認されているが、いずれも手応えがなく、状況を整理する本田の口調もどこか冴えない。

「もちろん、昨日の番組を受けて、また新しい情報も集まってきてますから、どこかに当たりがあるかもしれませんが、〔リップマン〕のあの感じからすると、もういつ金の受け渡しがあってもおかしくない時期に入ってますし、猶予はないというところですな」

「確かに、時間はないと思ったほうがいい」巻島は言う。「告発の真偽から確認する今のやり方じゃ、情報の何割もつぶせない。該当企業の危機管理担当者などしかるべき人物に当たって、周辺で何か気になる噂など知っていれば教えてほしいというように、とりあえず片っ端から声をかけるやり方に変えよう。そうやって企業側から何らかの反応が上がってくるのを期待するしかない」

音がこもっているように聞こえた。
本田の口調には、そうするしかないが、それさえ成果は期待できるものではないという本音がこもっているように聞こえた。

巻島にもそんな思いはある。ただやはり、そうするしかないのだ。

「そうしますか」

「何か、ほかに……」

本田が捜査幹部たちを見回すと、特殊班中隊長の木根が小さく手を挙げた。

「昨晩の番組出演、お疲れ様です。捜査官のご活躍、今回も手に汗を握る思いで拝見いたしました。いつもながら、画面の中での堂々とした立ち振る舞い、誠に頼もしく、心から感服した次第でございます」木根はうやうやしく頭を下げ、巻島への謝意から話を始めた。「昨晩の番組では、〔リップマン〕のコメントから、〔リップマン〕のＳ――〔ポリスマン〕という呼び名まで彼はわざわざ教えてくれましたが――その存在がほぼ確定的となりました。彼の口ぶりからして、この帳場内にいる可能性は高い。私の不安はまさに的中していたと言っていいでしょう。現場の捜査員たちも、お互い疑心暗鬼になり、動揺を隠せない状況です。このまま騙し騙し、現場を動かしていくのはもはや不可能であると言わざるをえません。ここは一つ、〔ポリスマン〕の存在に真っ向から向き合い、調査の人員を割いてでも、しっかり特定する方策を立てていく必要があると、私は考えております。何とぞ、真剣にご検討賜りたいと存じます」

本田はもう、話の途中から鼻白んだように顔をしかめてしまっている。木根が発言し終わっても、対応を持て余すように、反論してくれそうな人間の顔を探しているだけだ。

〔リップマン〕が〔ポリスマン〕という呼び名でもって言及している以上、その存在を無視するわけにはいかない。それはこの帳場の幹部に共通する認識だろう。

しかし、実際問題、それにまともにかかずらっていると、帳場全体の機能が麻痺してしまう。また、普通に考えて、〔ポリスマン〕を特定する有効な手立てもない。そのこともここの幹部であれば、当然有しているはずの認識である。

そんな中、この問題に対する木根の前のめりな姿勢は、帳場を混乱させることにしかならないのだが、彼自身はそういう思いは微塵も持っていないようだ。純粋にそれが正しいと信じているようであり、さらには毎度、巻島を立てることを忘れないものだから、本田ならずともどう取り扱えばいいのか対応に困るのである。

「手立ての具体的な案は、何かあるんですか？」

前回の幹部会議に参加していなかった山口真帆が、木根に訊いた。

「それをこの場で考えるべきではないかということです」

真帆は明快に首を振った。「考えても出ないと思いますよ。まさか、帳場のみなさんを本気でポリグラフにかけようって言い出すおつもりじゃないですよね？」

「ポリグラフなど使わなくても、とにかく調査チームを立ち上げて、情報を集めることは始めるべきだと思います」

「そこに人員を割くのはどうなんでしょう。今現在も、何かあればここの幹部で情報を吸い上げることは全体に伝わってるわけですよね。そうしたら、情報ごとに巻島さんが対応を考えることでいいんじゃないかと思うんですけど」

「捜査を指揮する上に〔ネッテレ〕に出演して〔リップマン〕と自ら対峙しておられる捜査官に、これ以上の負担をおかけするべきではないと私は思います。内部のネズミを退治するくらい、我々にできなくてどうするんでしょうか。もし調査チームができるのであれば、私が取りまとめを担ってもいいと考えています」

「いやいや、意気込みは買いますけど……」

真帆は苦笑気味に言い、秋本を見た。

「秋本さん、どう思います？」

秋本は先日から木根に近い考えを表明している。それが変わっていないのかどうか、彼女は確かめたかったようだ。

「ええ……」

何か答えようとした秋本の目の前に置いてあった携帯が震えた。

「ちょっとすみません」

秋本は液晶の表示を見ると、その携帯を取り、席を外した。真帆は会議中なのにという呆れ加減の視線を彼の背中に送り、鼻から息を抜いている。

どちらにしろ、秋本の意見を聞いても話は進まない。俺は、巻島は「まあいい」と口を開いた。

「課長の言う通り、今そこに人員を割く余裕はない。俺は、〔リップマン〕が番組上で〔ポリスマン〕に言及したのは、帳場の混乱を狙ってのことだと思っている。そうでなければ、わざわざそんなことを持ち出したりはしない。向こうがそんな揺さぶりをかけてくるのは、それだけ向こうの計画の実行、つまり、金の受け渡しが近いという表れでもある。我々はいたずらに乗せられることなく、捜査に集中するべきだ。もちろん、内通者に関する情報があれば、真偽はちゃんと調べる。それは俺のほうで考えてやるし、負担どうこうなどは心配しなくていい」

「そうですね」

真帆が相槌を打ち、本田もほっとしたようにうなずいている。秋本以外に助け舟を出す者がいないこともあるが、木根はとりあえず言いたいことを言い切ったと見え、巻島が示した方針に不満を示すような態度は取らなかった。

「何とか引き下がってくれましたね」

会が終わり、木根ら中隊長クラスの人間が席を去ると、真帆は胸を撫で下ろすように言った。

「今日は秋本がいなくなったんで、切り上げ時を見計らった感じですね」本田が口もとをゆがめて言った。

「秋本さんが抑えてくれないと困るんですけどねえ」

「なぜか、あいつも加勢に回る始末で」真帆の言葉に、本田は同感だとばかりにうなずく。

「わざと帳場をかき回したいのかと疑りたくなるほどですけど、もちろん、そんなわけないですし、真面目な顔して言うから困るんですよ」

「木根さんなんか、巻島さんのよいしょから話を始めますしね」真帆がおかしそうに言う。

「調子狂いますよね」

「あれもどこまで本気なんですかね」本田はずけずけと言いながら、巻島をちらりと見た。

「いや、別に、捜査官に対する謝辞を嘘だと決めつけたいわけじゃないですけど、何か、真意を疑いたくなるんですよね」

「確かに」真帆もそう言って笑っている。

二人がそんな話をしているところに、秋本が戻ってきた。中座したことを詫びるように、巻島に小さく頭を下げる。

「どうした？」

もともと、会議中に電話を取ることなど珍しく、それほど重要な用件なのかと、本田が問いかけた。

「いえ……若宮課長からでして」

秋本が少し口ごもるように答えた。若宮の名が出れば、本田は部外者であり、それ以上訊くことはなくなる。

「高津の帳場で何か……？」巻島が訊く。

特殊班の二個中隊を送りこんでいる高津署の捜査本部で何か問題でもあったのかと気になったのだが、秋本はちらりと巻島を見てから、曖昧に視線をさまよわせた。

「いえ、ええ……」どっちつかずの返事を口にしてから彼は続ける。「何かということではないんですが、午後少し、向こうを覗いてきます」

「そうか」

ここ数日、若宮や藤吉といった一課の上層部から秋本のもとに、頻繁に連絡があるようだ。高津署の捜査本部に特殊班の一部を送っているので、連絡事項も絶えないのだろうが、その分、秋本がどこか浮足立ち、この帳場の捜査に集中できていないような印象を受けることもある。

「次回の番組出演は、また金曜の夜八時でしたよね？」

秋本は唐突にそんなことを確かめてきた。

「そうだが……？」

巻島が問いかけの意図を訊き返すように言うと、秋本は「いえ」と首を振った。「確認しただけです」

そういうつかみどころのない言動からも、彼の思考が散漫になっているような感触がある。何か捜査の本筋以外で気になることがあるらしいが、それが何なのかは分からない。高津署に送った部下のことなのか、あるいはこの帳場を揺るがしている内通者問題のことなのか、それともほかの何かか……。

「巻島さん」

山口真帆の声に、巻島の思考も中断した。

「本部長が呼んでますから、我々も午後」

おそらく、内通者の件を訊いてくるのだろう。

「分かりました」

捜査本部を本田に任せ、巻島は午後になると真帆と一緒に県警本部へと向かった。

「〈ポリスマン〉というのが、どうやらお前の帳場にいるらしいな」

執務席から睨《ね》め上げてきた曾根は、万年筆で巻島を指しながら、そう言った。

「否定はできません」巻島は応える。「こういう存在が明らかになったことも、〈ネッテレ〉出演の成果でしょうか」

「だから、喜んでくれと言いたいのか」曾根は頬をゆがめて言う。「冗談にもならん」

巻島は無表情でその視線を受け止める。

「不良警察官はどこの県警にも巣食ってるが、騒ぎが大きくなったら、そいつ個人の問題だけじゃなくなる。監督責任が問われかねない。何より、捜査に支障が出る。早いところ、その〈ポリスマン〉とやらを炙り出せ」

「これに関しては、有効な手立てがありません」巻島は言った。「無理にやれば、帳場の捜査機能が麻痺してしまいます」

「なら、監察を動かすか？」曾根は訊く。「当然、動かしてもいいケースだが」

「望みません」巻島は言う。「〈リップマン〉が動き出そうとしています。〈ポリスマン〉への言及は、真偽はどうあれ、捜査の攪乱を狙ったものだと思っています。今は〈リップマン〉の動きに捜査を集中させるときです」

「その〔リップマン〕の動きはつかめそうなのか？」曾根が冷ややかに訊く。

「目下、努力しています」

「〔リップマン〕を捕まえ、〔ポリスマン〕を炙り出すまでがお前の仕事だ」曾根は言った。「順番は任せるが、どちらもお前の責任でやれ」

「分かりました」

「巻島」一礼して立ち去ろうとする巻島を、曾根は呼び止めた。「まさか、特捜隊にいるわけはないよな？」

巻島には答えようがない。今週から津田と青山祥平を組ませているが、すぐに何かが分かるものでもないだろう。

「自分が集めてきた中に〔ポリスマン〕がいたとしたら、お前、謝って済む問題じゃないぞ」

自分の目に疑いは持っていないと言えれば格好いいのだろうが、この世界では通りいっぺんのきれいごとは通用しない。巻島も過去に、この人がと思うような同僚が、ギャンブル癖や女性関係のもつれなどの私生活の隙を突かれ、暴力団などの犯罪組織とずぶずぶの関係になって、捜査情報を売り渡したり、犯罪行為に自ら手を染めたりして、ドロップアウトしていった姿をいくつも見てきた。

特捜隊の若手は仕事ぶりだけでなく、性格や所属先での評判なども吟味して引き抜いてきたつもりだが、噂にも上らない裏の顔があるかどうかまでは、さすがに分からない。特に青山は向こうからの売りこみを受けた形でもあり、巻島自身、人物をつかみ切れている感覚がない。

青山が〔ポリスマン〕であることが分かれば、事件は解決に向かうだろうが、マスコミはこれを大きく取り上げるだろう。捜査指揮官である巻島直属の部隊の一員だという事実は、世間にもセンセーショナルに受け止められるに違いない。巻島にも責任が生じるのは確実だ。

「そのときはそのときです」

巻島はそう言い、その責任を受け止める覚悟を静かに示した。

「持ちこんだ私が言うのもおかしいですけど、青山さんの件は頭が痛いですね」本部長室からの帰り道、山口真帆が悩ましげにそう口を開いた。「何もなければいいですけど」

「青山はしばらく、津田長に見てもらいます」巻島は言う。

「そのことと関係あるかどうか分かりませんけど」真帆は話を進めた。「秋本さん、若宮さんに呼ばれてますよね。若宮さん、何か仕掛けてくるかもしれませんよ」

「というと？」エレベーターホールで立ち止まり、巻島は彼女を見た。

「いや、今朝、別件で彼と打ち合わせしたんですけど、何か妙に目が血走ってて、昨日までと全然違ったんですよね」真帆は聞き耳を気にするように視線を後ろに流してから、話し始めた。「あの人、落ち着いてるように見えて、顔とか口調に出やすいんですよ。ちょっと前まで暗い顔してたのが、吹っ切れたようになったと思ったら、今度は変に興奮してるような感じになってて……いちいち声も大きいし、鼻息も荒いし、何か大捕り物でもあるんですかって訊いてみたら、いやいやって、慌ててごまかしてたんで、余計に何かあるんじゃないかって思えてきたんですけど」

帳場の内通者問題を木根が騒ぎ立てている背景には、若宮の思惑があるのではないかというのが、彼女の見立てである。人員や機器の配備の調整などで毎日のように顔を合わせている相手でもあり、同じ課長同士という関係もあって、その時々の気分に裏打ちされた顔色の変化も敏感に察することができるのだろう。若宮が、意外に気持ちが表情に出やすい男だというのは、巻島も同意見である。

「戻ってきた秋本が何を言うかですね」

かつては特殊班の中隊長として自分を支えてくれた部下であり、秋本には全幅の信頼を置いているが、それとは別に、彼は一課の枠組みにいる人間であるということも忘れてはいない。

巻島や本田が特殊班から外されたとき、秋本だけは幹部としてとどまることができた。巻島は特殊班を彼に託す思いで離れることができ、そのことを喜んだが、噂として聞いたのは、若宮が秋本を買っていて、彼の意向が働いたということだ。それが秋本本人の耳にも入っていて、若宮に恩を感じていても不思議ではない。

組織に属していれば、いろんなしがらみが付きまとう。秋本にとっては巻島との関係さえ、しがらみの一つと言えるかもしれない。そうであるなら、秋本には遠慮なくそれを断ち切ってもらって構わない。ただその場合、優先順位の筆頭には、事件の解決があるべきだ。巻島もそれを念頭に日々の仕事に当たっている。

しかし、それを徹底するのは簡単なことではないかもしれない。

県警本部で仕事がある山口真帆と別れ、巻島は山手署に戻った。

捜査本部では〔ネッテレ〕の視聴者や一般市民からもたらされた情報を仕分けし、名前が挙がった企業や団体に〔リップマン〕に関する注意喚起と情報提供を呼びかける作業が進められている。

〔リップマン〕が番組参加に際し、複数のプリペイドＳＩＭを使っていることも分かっている。契約者も判明しているが、ＳＩＭ自体は流れてしまっているので、その先の流通経路は闇の中だ。〔リップマン〕はそのSIMを毎回新しく端末に入れ替えて使っていると見られている。

電波の発信は東京都下で捉えられているということだが、細かい場所までは絞り切れていない。おそらくは車で移動しながら番組に参加しているのではないかと考えられるものの、その車を特定するのは難しいのが現実だ。

そのほか、〔リップマン〕が出没する可能性が高いと見られる地域の防犯カメラのデータ収集も継続的に行っているが、勝田南の一件以降、〔リップマン〕の行動習慣が明らかに変わったらしく、出没予測が成り立つようなヒットが、データから拾えなくなってしまった。解析には、勝田南の捜査で浮かび上がった〔リップマン〕らしき男の正面の画像も使っているため、ヒットの精度は上がったはずだが、例えば勝田南近辺では、まったくヒットが見られなくなっている。ほかの地域も似たようなもので、今では警邏活動も休止状態だ。

捜査本部としては、一般市民からの情報の中に〔リップマン〕の影が隠れていることを期待するしかない状況である。そして、〔リップマン〕がいよいよ計画を実行に移すというとき、その影の揺らめきが何らかの形で表れるかどうか……。

〔ネッテレ〕のアーカイブ配信で昨日の番組をチェックする。客観的な視点から、〔リップマン〕のコメントに何かヒントが隠されていないかを考える。

〔リップマン〕のコメントは怜悧《れいり》さを強く感じさせるものだ。番組の中の巻島は、〔リップマン〕に話しかけることで、やり取りを巧みにコントロールし、返ってきたコメントを冷静に分析していく立場である。しかし実際には、彼が示す反応に振り回されているような場面が少なくない。

実感としても翻弄されていたと言っていい。一般ユーザーもそれを敏感に察してコメントしている。それを受け流して、平静を装っている画面の中の自分は、ある意味滑稽だ。

ただ、そのやり取りの中で、怜悧なだけでない〔リップマン〕の人間性がかすかに覗く瞬間がある気がする。彼は巻島を翻弄し、動揺させる分だけ、一歩踏み出し、生の自分をさらしているように思える。

計画の準備が整い、あとは受け渡しのタイミングを待つだけという〔リップマン〕のコメントは、観る者の関心を集めるためだけに創作しているわけではないだろう。彼は番組内で犯行予告をし、それを遂行してみせることで、巻島及び神奈川県警の鼻を明かそうとしている。〔大日本誘拐団〕のリベンジをそうやって果たそうとしているのだ。

だから、計画に関する彼の話は、だいたい事実に近いと見ていい。ただ、彼自身が受け渡しに出向くという話は、その通りに受け取るべきかどうか分からない。番組は脅されている側も見ている。その相手に対するポーズとも捉えられる。

中身はおそらく恐喝だろうが、相手はそれに応じるようだ。通報がないことがそれを示している。脅されている側は世間に公表できない弱みを握られてしまっているのだろう。

前々回の番組では、犯罪が絡んでいることで隠しておいていいことなどないという巻島の論調に対し、〔リップマン〕は、事実を知れば、そんな言葉は吐けないと、突きつけるように返してきた。あるいは、自分の仲間や組織が大事だという気持ちはお前も分かるだろうと も言っている。

これをどう捉えるか。〔リップマン〕が巻島を、ある程度の規模の組織を統《す》べる人間として見ているのは分かるが、彼の言い方はそれ以上に強い巻島の感情移入を見込んでいるようにも取れる。巻島に切実に訴えかけてくるような事実が、今回の計画には横たわっているとも考えられる。〔リップマン〕との番組を通したやり取りによって、彼との心理的な距離は近づいている印象があるが、同時に彼が新たに起こそうとしている犯罪そのものも、巻島の心理的な世界のごく近いところに存在しているような感覚が出てきている。

そしてもう一つ気になるのは、〔ポリスマン〕のほかにも裏切り者がいるという言葉だ。

内通者が二人いるということなのか、あるいはほかの意味が隠されているのか……考えても答えは出ないが、〔ポリスマン〕以外にも〔リップマン〕に利する要素があるとすると、今後の捜査の進捗に大きく影響を及ぼすかもしれない。

考え事をしながらアーカイブ配信を観終わった頃、秋本が戻ってきた。

「向こうは大丈夫か?」

高津署に送った特殊班のことで巻島が声をかけると、彼は「ええ、大丈夫です」と、どこか無理に気張ったような声で返事をしてきた。

ふと、今朝の若宮の様子について語った山口真帆の話を思い出す。

秋本も、その目が血走っているとまでは言わないが、朝方とはどこか違う。ぎらりとした、怪しげな光り方をしている。

内通者問題について、解決を迫ってくるのではないかと、巻島は少し気持ちを構えた。

しかし秋本から何かを切り出してくるようなことはなかった。彼は物思いにふけるようにしばらく黙りこんだあと、気持ちを切り替えるようにして、自分の仕事に戻っていった。

28

「今夜も出かけるの?」

金曜日、夕方前になって、由香里がそう訊いてきた。

いよいよ受け渡しが数時間後に迫ってきていたが、淡野は由香里がわざわざ確かめなければ出かけるのか出かけないのかも分からないほど、普段と変わらない振る舞いを崩していなかった。

由香里が、外出するかどうかを訊いてきたこと自体に意味はない。外出するのであれば、渉が夕方すぎに来る。渉が来るのであれば、外出前の夕食を、彼の分も用意しておこうということなのだ。

「ああ」という淡野の返事を聞いた由香里は、了解とばかりにうなずき、早速台所に入った。どこに行くのかということは、相変わらず訊かない。競馬に行くとでも思っているのだろう。

五時すぎになって渉がやってきた。こちらはいつもの時間より早く姿を見せた上、分かりやすいほど目にぎらつきが出ている。淡野と顔を合わせるなり、引きつったような笑みを浮かべてみせた。いつもはアロハ柄のハーフパンツだが、今日は黒のジーンズを穿いている。なるべく若宮の印象に残らない格好をしてこいと言ってあった。

「ごめんね。もうちょっと待ってて」

食事の支度が間に合っていない由香里がそう言いながら、居間に麦茶ときゅうりの浅漬けを持ってきた。

「いいよ、ゆっくりで」

淡野は何でもない日をすごしているように言う。

「いよいよっすね」

由香里が台所に消えると、渉がまた引きつった笑みを見せながら言った。

「落ち着け」

「いや、落ち着いてますよ。落ち着いてますけどね」渉はそわそわと肩を動かしながら言う。

「車のほうは大丈夫ですか?」

「大和の別の月極に渉が好きそうなのが入ってる。今日はいつもの車に乗り換えて、そこでまた乗り換える。兼松くんはそこで待ってるはずだ」

「今日のためにまた月極借りて、車用意して」渉は鼻息を荒くした。「もう、やるしかないっすね」

「そういれこむな」淡野は言う。「普通にやれば成功する」

「分かってますよ」渉は二度三度とうなずいた。「でも、普段通りって思ってると、逆に緊張してくるんですよね。でも兄貴はすごいっすよね。こういうのを何度もこなしてきてるわけですもんね」

「これくらい大きなシノギは、俺でもなかなかない」淡野は言った。「緊張するのは当然だ。ただ言えるのは、成功したときの快感もまた格別だってことだ。それを楽しみにやればいいい」

「なるほど。そしたら、緊張せずに済みそうっすね」

渉はそう言って、また鼻息を荒くした。


夕食を終えた淡野は二階に上がり、充電してあったタブレットなどをバッグに入れた。連絡用に使っている携帯をチェックすると、着信が何件か入っていた。

直近の一件は越村からだ。そのほか、〔汐彩苑〕からこの一時間の間に三回電話が入っている。

〔汐彩苑〕は留守電にメッセージも残していた。

〈朽木くみ子さんのご容態の件で、ご連絡したいことがございます。至急、折り返し、お電話いただけますでしょうか〉

〈朽木くみ子さんのご容態に変化があり、お知らせしたいことがございます。折り返し、お電話いただけると幸いです〉

〈朽木くみ子さんですが、心臓の発作があり、病院に搬送されました。ご家族を呼んでいただきたいとのことです。お電話お待ちしております〉

越村にかけてみると、こちらは、兼松が十分ほど遅れる見通しだということだった。了解したと応え、淡野は電話を切った。

「行こう」

淡野はバッグを持って一階に下り、渉に言った。

「行ってらっしゃい」

由香里が玄関で二人を見送る。今日の淡野たちにいつもと違う何かを感じている様子はなかった。

「今日、取引が成功したら、競馬で当たったってことにして、帰って祝杯挙げましょうか。それで、もう巻島の番組に出る必要もなくなりますし、こうやって出かけることもなくなるでしょうから、競馬でいい思いして気が済んだってことで、辻褄も合うんじゃないですか」

車を運転しながら話す渉に対し、淡野は無言だった。

「でも、あんまりはしゃぐとユリさんに怪しまれますかね。お祝いは後日ってことで、今日はおとなしくしときますか」

淡野が反応しないことで、渉は勝手に話を自分で収めてしまった。

「兼松くんが十分くらい遅れるそうだ」淡野は連絡事項だけ口にする。

「まあ、時間的には余裕見てますし、大丈夫でしょう」渉は言う。「問題は大黒でスムーズに車を停められるかどうかですね。駐車場の空きを探して手間取ってると、バタバタしちゃいますから」

「停めるのは噴水から離れたところでいい。ただ、場所はちゃんと確認しろ。受け取っても、車に戻れないんじゃ最悪だ」

「そうっすね」渉が言う。「自分の車じゃないし、ちゃんと場所を確認しとかないと」

大和の月極駐車場で、［ネッテレ］の番組に参加するときに使っているデミオに乗り換えた。

「渉……」

もう一つの月極駐車場に向かう道中、淡野は渉に声をかけた。

「何すか？」

「一人でやれるか？」

「え、どういうことですか？」渉はルームミラーで淡野をちらりと見ながら、訊き返してきた。

「ちょっと、急用ができた」

「え、兄貴は行かないってことですか？」

「ああ」淡野は言う。「兼松くんと引き合わせたら、俺は離れる」

「まじっすか」渉は急な話に驚きを隠せない様子だった。

「大丈夫だ。基本的には金を受け取るだけのことだ。俺が車の中で待っているかどうかで結果が変わるわけじゃない」

「いやまあ、そりゃそうかもしれないっすけど」渉はぶつぶつと言う。「『ネッテレ』はどうするんですか?」

「時間があれば参加するが、正直、分からない」淡野は言う。「お前はとりあえず、巻島が出てるかどうかだけ、確認すればいい」

「そんなに大事な用事なんですか……」

独り言とも問いかけとも取れる渉の言葉に、淡野は無言で応じた。その無言を受けて、渉はそれ以上、何かを口にすることをやめ、彼なりに覚悟を決めたようだった。

「分かりました。こっちは大丈夫っすよ」

「お前ならやれる」淡野は言った。「ただ、油断はするな」

「大丈夫です」渉は繰り返した。「任せてください」

淡野はその返事に満足する。


住宅街にある月極駐車場の一番奥には、夕闇に紛れるようにして、黒色のヴォクシーが停まっていた。フロントグリルは鬼の顔のようにいかつく、フロント、サイド、リアと、フルエアロが施されている。ホイールは漆黒で、あたかもタイヤの中が異世界に通じる闇の空洞になっているかのようである。

「うわ、すげえ」渉は威張りの利いたカスタムカーを前にして、テンションが上がったようだった。「俺の車と交換してえな」

やがて、兼松が原付バイクに乗って現れた。

「バイク、どっかに置いてきます」

時間に遅れ、とりあえずそれを言いに来たらしかった。

「いや、ここはカメラもないし、横に置いとけばいいだろう」

カスタムカーを駐車スペースから出し、デミオと兼松のバイクを駐車スペースに停める。

「兼松くんだ」淡野は二人を紹介した。「こちらは渡辺くん」

打ち合わせることは、ほとんどなかった。兼松には、大黒パーキングエリアまでヴォクシーを運転し、帰ってきてもらうだけだ。

「急用ができて、俺は行けなくなった。渡辺くんと二人になるが、悪いやつじゃない。仲よくやってくれ」

淡野が同行しないことなどは、兼松にとってどうでもいいことのようだった。「分かりました」と短く応えた。

渉に連絡用の携帯を渡す。淡野の仕事はそこまでだった。

「じゃあ、行ってきます」

渉が表情を引き締めて言い、ヴォクシーの後部座席に乗りこんだ。兼松がハンドルを握り、駐車場を出ていく。

不安があれば、自分も同行することを選んだはずだった。そうしなかったことの直感を検討し直してみても、疑うべきところはない。

淡野は一人駐車場を出ると、住宅街を足早に歩きながら、〔汐彩苑〕に電話をかけた。

〈朽木さん、すぐに病院に行ってもらえますか〉電話に出た〔汐彩苑〕のスタッフは言った。

〈重篤な状態ということですので〉

病院は大船《おおふな》にあるという。淡野は高座渋谷《こうざしぶや》駅から電車に乗り、大船に向かった。

大船の病院では、〔汐彩苑〕の女性スタッフが、救急センターの待合室で淡野を待っていた。彼女は淡野を出迎えると、救急センターの看護師に、家族が来たことを伝えた。

間もなく看護師が淡野を呼び、救急センターの治療室に通された。

カーテンで仕切られた一角に、ストレッチャーに乗せられた状態でくみ子が横になっていた。酸素マスクが付けられ、心電図と点滴がつながれていた。

かたわらでは、年配と若手の二人の医師がカルテか何かを見ながら話をしていた。

「朽木さんのご家族ですか？」

淡野を認めて、年配の医師が声をかけてきた。

「心臓がだいぶ働かなくなってしまっていて、今、強心剤を打ってますが、ちょっと、何とも言えない状態です」

くみ子はほとんど昏睡状態にあるようで、はあはあと苦しそうに呼吸を続けているが、目はずっと閉じたままだ。

淡野が小さかった頃は笑顔も多かったはずだった。しかし、その記憶はもうおぼろだ。いつの間にか、つらそうな顔が似合う人になってしまった。

「今、集中治療室に移る手続きを取ってます」医師は言う。

ただ、心エコーで診る限り、心筋梗塞によって心臓の働きが大幅に低下しており、施すことができる治療には限界があるだろうということだった。

医師たちがその場を離れると、淡野は彼女の枕もとに歩み寄った。

「母さん」

そっと呼びかけるが、彼女の目は開かない。このままもう、開かないのかもしれない。自分が来ていることを伝えたかったが、難しいと分かった。

どちらにしろ、目を開いたところで、そこにいるのが自分の息子だと正常に認識できる保証もない。むしろ、そうでない可能性が高い……そんなことを言い訳のように考え、淡野は現実を受け入れる。

しかし、そう考える心には寂しげな風が吹いていた。これは会っているのだろうか。それとも会っていないのだろうか……認知症の症状が出ているくみ子を相手にしているときに湧いていたそんな疑問が、強さを増して胸に迫ってきた。

淡野は声をかける代わりに、彼女の手を握った。ひんやりとしたその手は握られるまで、何の反応もなかった。ただ、こうすることによって、意識ではないどこかに、淡野の存在が伝わるような気がした。

だが、そんな時間も長くは続かなかった。しばらくすると、くみ子の呼吸が徐々に弱くなっていくのに気づいた。上下に動いていた胸がほとんど動かなくなり、彼女の顔が引きつり始めた。

心拍を捉えているモニターが不規則な電子音を発し、看護師が駆け寄ってきた。

「心室細動《VF》です！」

その張り詰めた声に応じて、先ほどの医師たちも戻ってきた。

「除細動器《DC》！」

淡野たちの周りで、数人の看護師が慌ただしく動く。

看護師の一人が電気ショックの機器を運んできた。

「ちょっと離れてください」

モニターをチェックしていた看護師が淡野に言った。

「やらなくて、けっこうです」淡野は言った。

「え？」

「もう十分です」

くみ子は目を見開き、吸えない空気を欲するように唇を震わせている。目を開いているのは、断末魔に対する反応であり、何も見えていないのは明らかだった。

「まだ戻ってくる可能性はあります」

年配の医師が淡野に声をかける。

しかし、淡野は、くみ子の手を握ったまま、動かなかった。

「十分です」

戻ってきてどうなるというのだろう。認知症の症状が出て記憶が混濁しているときでも、誰々には可哀想なことをした、私が殺したと、懺悔《ざんげ》の念に溺れているような人なのだ。どこに戻ってきても、彼女に安寧の地はない。

医師たちの動きが、にわかに止まった。

そして、くみ子も動かなくなった。

年配の医師が、くみ子の瞳孔を見てから、そのまぶたを下ろした。

「二十時十五分、亡くなられました」

死亡確認した医師に淡野は、「ありがとうございました」と小さく礼を言った。

目を閉じたくみ子は、先ほどまでの地獄を見ているような表情から一変し、すべての苦しみから解き放たれた穏やかさをその寝顔にたたえていた。

よかった、と淡野は自らを納得させるように思った。

レスティンピース……そう口を動かす。

けれど、握っていた彼女の手を離した瞬間、言いようのない喪失感が淡野の胸に押し寄せてきた。

こういう形でしか、母を楽にしてやることができなかった……淡野は無力さを嚙み締めながら、感情の波に翻弄された。

29

菅山《すがやま》渉が兼松の運転するヴォクシーで大黒パーキングエリアに着いたのは、八時十分前だ

ほらとある。金曜夜のパーキングエリアは、カスタムカーの乗り手である若者たちを中心にして、下見のとき以上に賑わっていた。ただ、休憩施設から離れたところには駐車場の空きがちらほらとある。

「そのへんの適当なところに入れてくれる？」

駐車場の中央付近の空いているスペースに、兼松がヴォクシーを停める。エンジンを切ると、ラジオの野球中継の音声が切れ、車内に静寂が生まれた。キャップにマスク姿の兼松は、運転席に座ったまま、微動だにしなくなった。

外の車のエンジン音や音楽の音が、静かなこの車を包んでいる。来る途中、兼松には何度か話しかけてみたが、「はい」「ええ」という必要最低限の返事があるだけですぐに会話が途切れてしまい、途中からは渉も、普段はめったに聴かない野球中継に耳を傾けるしかなかった。その音声もなくなると、途端に気詰まりとなった。

「ちょっと様子を見てくる」

いちいち断らなくてもいいのかもしれないが、渉はそう言い置いて外に出た。黒の上下にキャップ、そして、薄い色のサングラスという格好である。

とりあえず、金を受け取ったあと、スムーズに車まで戻れるよう、噴水の近くまで行って、ルートを確認した。

噴水の前にちらりと目を向けるが、若宮らしき男はまだいない。

居並ぶカスタムカーを見物するふりをしながら、その周囲にも注意を向ける。巻島配下の刑事たちが張りこんでいないかどうか……しかし、そのような人物は目に留まらなかった。

張りこみをする刑事は、カスタムカーで乗りつけてくる輩たちに変装しているかもしれないと淡野は言っていた。ただ、その場合は、〔ポリスマン〕から事前に連絡があるだろうとも言った。

巻島の配備が受け渡しの直前になったとしたら、〔ポリスマン〕からの連絡はないかもしれないという。しかし、そのときは刑事たちも凝った変装はできないはずであり、注意深く現場を探れば、それらしき存在は容易に確認できるだろうということだった。

必要以上に警戒しすぎてもよくないと、淡野は言っていた。このパーキングエリアには交通警察が巡回に来るが、そうした連中まで、あたかも捜査網の一部だと考える必要はない。彼らには彼らの仕事があり、金の受け渡しなどには興味があるはずはないのだ。

今のところ、大丈夫そうだ……渉は思う。ただ、油断は禁物だ。兄貴がいない分、余計にへまは許されないと、気を引き締め直す。

ヴォクシーに戻る。

「今んとこ、問題ない」

「そうすか」

短いやり取りで兼松との会話は終わった。

歳は近いのだろうが、どこの誰であるとか立ち入った話は控えるよう、淡野に言われている。万が一、どちらかが警察に捕まったとき、そのほうがお互いのためになるからだ。

兼松には、誰の何を運ぼうとしているかすら教えていないらしい。兼松のほうも、自分の役割を心得ているのか、余分な質問はしてこない。会話が弾まないのも当然だ。

「暑いね。エアコン入れようよ」

静寂の中にいると緊張感が増す。エンジンをかけてもらい、野球中継の音声を流してもらった。

エアコンの冷風が後部座席まで届いた頃、渉は淡野から渡されたスマホを取り出した。

淡野からの連絡を受けるものだが、〔ネッテレ〕のアプリも入っている。イヤフォンも付いている。兼松に聴かせてもしょうがないので、イヤフォンを装着し、アプリを起動させる。

時刻は八時を回っている。

液晶画面に巻島史彦と竹添舞子の姿が映し出された。その周りを早くもユーザーのアバターが取り囲んでいる。

巻島の姿がそこにあることで、渉は不安のいくらかが自信に変化するのを感じた。

いつも初回の配信は運転席から音声を聴いているだけだが、後日、アーカイブ配信も観ている。今日の巻島は、それらで目にしていた様子と変わったところはなかった。受け渡しを察知していれば、どこかに落ち着かない動きが見られるはずだが、そうした気配はうかがえない。

本当に生配信だろうか……そんな疑念がふと湧いたものの、緊張から必要以上に疑り深くなっているだけに違いなかった。そもそも〔リップマン〕を参加させるのが番組の主目的なのだから、初回配信が収録であるはずがない。

〈〔リップマン〕はまだ、来てないようですね〉

手もとのタブレットで配信画面を確認したらしい竹添舞子がそんなことを言い、渉の疑念もあっさり拭われた。

〔リップマン〕のアバターはまだ出てきていない。これまでは、多少淡野が焦らしたとしても、番組開始から五分以内には出てきていたのだが、そろそろその五分をすぎようとしている。

兄貴は番組に参加しないのかもしれない……渉は思った。本来であれば、一緒にこの車に乗り、淡野が番組に参加する一方、渉が受け渡しに向かうはずだった。しかし、何の用事かは分からないが、彼には急用ができた。番組に参加できたらすると言っていたが、急遽予定を変えたことからしても、番組に参加するような余裕はないものと考えたほうがいい。

問題は、巻島がこの変化をどう見るかだ。

番組が〔リップマン〕待ちの状態になっていることは、巻島の口数が少なく、盛んにスタジオのモニターがあるらしき場所を目で追っていることからも分かる。

〈金曜日は先週も番組がありましたので、〔リップマン〕は承知しているはずですが……〉

竹添舞子もなかなか姿を見せない〔リップマン〕に対して、困惑を覗かせ始めた。

〈もし〔リップマン〕が今日、現れないとすると、ここ数日進めている我々の捜査が、彼にかなり迫ってきている証になるかもしれません〉

番組を欠かさず観て巻島の言動の特徴も分かってきているので、こうした発言が、〔リップマン〕を引っ張り出そうとしてのものだということも分かる。渉は〔リップマン〕逮捕のためにあらゆる手を駆使しようとしているこの巻島史彦という捜査官が好きだった。巻島の相手をしている淡野は楽しそうだ。おのれに才覚さえあれば、こういう捜査官と渡り合ってみたいものだと思う。

ただ、冷静に考えても、自分は淡野のように大きなことをしでかせる人間ではない。今は金を受け取るだけの仕事で精いっぱいである。

しかし、それだけでもある意味、〔リップマン〕である。淡野もそう言ってくれた。成功すれば、遊んで暮らせる。言うことはない。

八時を十分ほどすぎた。

［リップマン、早く］［リップマン、出てこい］と、せかせか揺れながら〈リップマン〉を待ちわびるコメントを出していたユーザーたちのアバターも、次第に動きが緩慢になり、活気がなくなってきた。

［リップマン、どうした？］［寝落ちか？］と、散発的にコメントが上がる。

〈このところ、〈リップマン〉の番組参加が恒例となってましたから、なかなか出てこないと、少し戸惑いますね〉

場を持たせるようにして過去の〈リップマン〉の発言を振り返っていた巻島たちだったが、困惑を隠し切れないように竹添舞子がこぼした。

〈〈リップマン〉が出てこないのには、どういった理由が考えられますでしょうか？〉

そんなことを訊かれても巻島には答えようがないだろうが、竹添舞子は訊かずにはいられないようだった。

〈そうですね……〉

巻島はいったん口を開いたものの、不意に視線を下に落とし、固まったように動かなくなった。

もしかしたら、気づいたのかもしれない……渉はそう思った。

まさに今、取引が行われようとしていることを。

計画では渉が受け取り役をこなすことになっているが、巻島には、〔リップマン〕本人が取引に出向くと伝えてある。

その〔リップマン〕本人が番組に出てこないのだ。

巻島はその可能性に気づいたことで動揺し、そして本能的にそれを隠そうとしている。淡野と行動をともにしているうちに、淡野ばりに巻島の心理状態を見透かせるようになったのかもしれない。やはり、自分も〔リップマン〕なのだと渉は思った。

〈何とも言えませんね〉巻島はようやく言葉を続けると、取り繕うように言い足した。〈手っ取り早いのは、出てきた〔リップマン〕に理由を訊くことでしょう〉

今さら気づいても、もう遅い……渉は勝ち誇った気分になって、顔を上げた。

「行ってくる」

兼松に言い、車を出た。スマホは番組を流したまま、ポケットに入れた。

巻島と竹添舞子の話は、過去の〔リップマン〕の発言に対する検証に戻っている。しかし、イヤフォンから流れてくる音声を聴く限り、巻島の歯切れは悪くなっている。

大丈夫だ。巻島は出し抜かれている。

〈〔リップマン〕はもしかしたら、この番組中に計画を実行に移しているんじゃないかという声もありますが……〉

視聴者もその可能性に気づいたらしい……竹添舞子がコメントを拾って、巻島に投げかけた。

〈何とも言えませんね〉巻島は先ほどと同様の反応を見せた。〈我々としては、そうでないことを祈るだけです〉

その口調からは、巻島もその可能性が高いと考えていることがありありと伝わってくる。

もう十分だ……渉は金の受け渡しに集中するため、イヤフォンを外した。

計画は成功する。自信は深まった。しかし、約束の時間がすぐそこまで迫ってくると、自信だけでは補い切れない、不安にも似た緊張感が押し寄せてくるのも事実だった。

渉は手の汗をジーンズで拭いながら歩いた。

やがて噴水前の様子が目に入ってきた。

ワイシャツ姿の中高年の男が立っている。

眼鏡をかけた痩せ形の男で、手には黒っぽいトートバッグを提げている。彼が若宮と見て間違いないようだった。

心臓の鼓動が激しくなってきた。何もおかしいことはないのに、「へへっ」という笑い声が口から洩れた。

駐車中の車を縫うようにして歩き、噴水前へと進む。近づくまではなるべくこちらの姿を見せないようにして、若宮の様子を観察する。

バッグを手に提げているということは、彼から見て、特に異状はないというサインでもある。落ち着きなくあたりを見回しているのは、彼も緊張しているからだろう。

あのバッグを受け取るだけだ。

〔リップマン〕として来ているのだから、淡野のように堂々としていなければならない……渉は猫背気味の背筋を意識的に伸ばした。

駐車場を抜け、出口に向かって徐行する目の前の車をやりすごす。その向こう、若宮の視線はまだ渉に向いていない。

若宮の周囲にいる人々を見て、渉は、おやと思った。

少し離れた柱の陰に身を潜めるようにして、もう一人、ワイシャツ姿の男が立っていた。

渉は徐行路を渡らず、進行方向を変えながら、噴水前を横目で確かめる。

腕時計に目を落とした若宮が、その男のほうをちらりと見た。二人の間でアイコンタクトがあったように見えた。

誰だ……？

単純に、若宮の一味の誰かで、付き添ってきただけならいいが、その存在に気づかされると、渉としては、ほかの可能性を考えざるをえなくなる。

まさか、嵌める気ではないだろうな……。

巻島が気づかなくとも、若宮ら独自で、〔リップマン〕を捕まえようとしていることも考えられるのではないか。

腐っても警察幹部だ。いかに淡野が巧みに交渉したとはいえ、よくよく考えれば、彼らが犯罪者相手にやすやすと取引に応じるのはおかしいような気がしてくる。

県警のスター捜査官である巻島を出し抜き、〔リップマン〕を捕まえることで、彼らは捜査一課ここにありというところを見せようとしているのではないか。裏金などはすでに、証拠隠滅を済ませてしまっているのではないか。

いったん疑念がふくらみ出すと、それはあっという間に、渉自身の手に負えないものになった。淡野が車で待機していれば、相談に戻るところだが、あいにく彼はいない。

このまま受け渡しに臨むという決断はできなかった。いったん噴水近くからは離れることにし、休憩施設のほうへと歩いていく。休憩施設の手前にあるトイレに何となく入った。

スマホをポケットから出す。巻島の番組が続いているが、今はもう用がない。〔ネッテレ〕のアプリを閉じる。

淡野からの連絡は、いつも向こうからの一方通行だ。今のところは、何の着信も入っていない。

時刻はちょうど八時十五分だった。

二分や三分遅れたところで、若宮も簡単に帰りはしないだろう。考える時間はまだある。落ち着け……渉はとりあえず小用を済ませながら、自分に言い聞かせる。

淡野も、慎重にやれと言っていた。

とりあえず、今日は撤退して、淡野が動ける日に仕切り直すことにしてもらうか。しかし、収穫を手にせず帰れば、彼にチキったと思われはしないか。次があったとしても、受け取り役を任されなくなってしまうかもしれない。

悩みどころだ。

淡野は若宮を、巻島のような骨のあるタイプではないと言っていた。電話を通しただけでも、揺さぶれば動揺が簡単に伝わってくる男だと。

若宮も、受け渡しがどういう展開になるか分からない不安はあるだろう。電話で交渉が成立しているとはいえ、会ったこともない相手だ。集団で現れ、拉致される可能性だってないとは言えない。そういう不安を拭うために、単純に藤吉か中畑を付き添いとして連れてきただけではないか……。

その可能性も高い気がしてきた。

状況は何も変わっていないが、渉は若宮に当たるべきだという思いになりつつあった。要は自分の気持ち一つだと分かっていた。

当たるべきというより、当たらなければならない。ビビッていては、兄貴に失望されてしまう……。

意を決して、渉はトイレを出ることにした。

トイレを出るところで、入ってきた男とぶつかりそうになり、渉がよけるほうに相手も動いたので、思わず小さく舌打ちが洩れた。

出鼻をくじかれたような気分になったが、再度よけて気を取り直し、歩き始めた。

「おい」

後ろから声がかかって、渉は顔をしかめた。今のぶつかりそうになった男だ。顔は見ていないが、カスタムカーに乗って粋がっている輩の一人に違いない。

舌打ちが聞こえたのだろう。しかし、ぶつかっていないのだから、無視してもわざわざ追ってはこないだろうと判断し、渉は歩き続けた。

「菅山じゃねえか？」

名前を呼ばれ、渉は虚をつかれた。思わず振り返った。

二十代後半の男だった。細い目が離れ気味に収まっている顔は異様に長く、肩の筋肉が盛り上がっていて、長髪がまだらに染まっている。すべてにおいてバランスが悪く、見ているだけで嫌な気分になるようなこの男と、渉は確かに面識があった。

しかし、突然のことで頭が回らない。どこの誰か思い出すのに数秒かかった。

「やっぱ、菅山だ……この野郎、久しぶりだな」

敵意を剝き出しにしながらニヤリと笑って近づいてくる男を見て、渉はようやく思い出した。

寺尾だ。

裏カジノの借金を渉の家まで何度も取り立てに来た男だ。

「何でここに……捕まったんじゃねえのか？」

思わず口をついて出た渉の言葉に、寺尾は怪訝そうに眉を動かしてみせた。

「おい……まさかお前がタレこんだんじゃねえだろうな？」

寺尾の陰険な目に射すくめられ、渉は喉が締めつけられたようになり、声が出なくなった。

ただ、首を振るしかなかった。

「おい、お前……」

寺尾は渉の動揺を敏感に感じ取ったらしく、声にいよいよ怒気をにじませ、詰め寄ってきた。渉のTシャツの胸もとをつかみ、「ちょっと来い」と、トイレに引っ張りこもうとする。

渉は反射的に、アディダスを履いたつま先で寺尾のすねを思い切り蹴り上げていた。

「うっ」と彼が腰を折った隙に、つかまれていたTシャツを振りほどき、身を翻して駆け出した。

「おい、この野郎！」

後ろから寺尾の怒声が飛んできたが、渉は構わず駐車場に出た。徐行路を走っていた車が慌ててブレーキをかけ、クラクションを鳴らす。もはや受け渡しどころではなかった。身を屈めて無数の駐車車両の間を抜け、ようやくヴォクシーのもとまで戻った。

「出して！」

後部座席に乗りこむと同時に、渉は兼松に声をかけた。

兼松の反応は早かった。すでにパーキングブレーキを解除していたらしく、タイヤを軋ませることもなく、次の瞬間には走り出していた。渉は慌てて後部座席のスライドドアを閉じた。

徐行路を出口に向かってぐるりと走り、噴水の前を抜ける。若宮がなおもトートバッグを手に提げて立っているのがスモークガラス越しに見えたが、もうどうしようもなかった。寺尾が追ってこないかどうかということのほうが、渉には気がかりだった。どこで誰と取引する予定だったかも知らない兼松は、噴水前を一瞥することもなく、ただ前だけを向いて車を走らせている。

パーキングエリアを出て、高速の走行車線に入ったところで、渉は安堵と落胆が混ざった吐息を大きくついた。

そのまま大和の駐車場まで戻ってきた。

停めていたデミオを渉が出し、兼松がヴォクシーを入れる。

兼松はウエットティッシュでハンドルを拭いたあと、車から出てきて、渉に車のキーを預けた。

「いいっすか？」

「ああ、お疲れ」

「お疲れです」

短いやり取りを交わすと、兼松は原付バイクにまたがって、月極駐車場を出ていった。

淡野から電話がかかってきたのは、そこから渉のジュークが停めてある駐車場に移動し、そろそろ着くかという頃だった。

〈どうだった？〉

「兄貴、すいません……」渉は気まずい思いになりながら報告した。「若宮はいたんですけど、引き返してきました」

〈どうした？〉

淡野の口調は責めるようなものではなく、淡々としていた。

渉は駐車場に入って車を停めると、若宮の近くに警察の人間と思われる男を見つけて接触に躊躇したことや、トイレの前で寺尾とばったり会ってしまい、受け渡しどころではなくなってしまったことなどを正直に話した。

〈近くにいたのは、藤吉か中畑だろう〉淡野は言った。〈若宮は特別、肝が据わった男じゃない。単純に不安だっただけで、〔リップマン〕を捕まえようなんてことは考えてなかったはずだ〉

「俺もそう思い直して、行こうと思ったんですけど、とんだやつと出くわしちゃいまして」

渉はそうこぼした。「まさか、あいつがシャバに出てるとは」

〈下っ端だから大した罪にも問えず、釈放されたんだろう〉淡野は静かにそう言った。〈まあいい。接触しなかったんなら、いくらでもやり直しようがある〉

「すいません」渉は改めて謝った。「次は本当に気合入れてやりますんで」

〈気にするな〉淡野は言った。〈今日はそのまま帰っていい〉

「兄貴はどうすんですか？」

〈俺は帰れない〉

「はあ……」

怒られたり失望をあらわにされたりということがなかった分、渉はほっとする思いだったが、淡々とした淡野の反応は、どこか拍子抜けさえするものだった。

もともと感情を表に出さない人ではあるが、この電話では最初から声にも張りがないように感じられた。

何かあったのだろうか……渉は自分のことよりも、彼のことが少し気になった。

30

「どうして出てこなかったんですかねえ」

副調整室から出てきたプロデューサーの倉重が首をひねっている。

〔リップマン〕は結局、番組終了まで現れなかった。

「出なきゃいけない義理もないんでしょうけど、このところは出てくるのを前提にしてた分、出てこないと肩透かしに遭っちゃいますし、三十分持たせるのも大変ですよ」

そうこぼしたのは竹添舞子だった。実際、〔リップマン〕が出てこないことで新たな展開がない上、巻島も番組に関係なく考え事をすることが多かったので、彼女は時間を埋めるのに苦労していたようだった。

「とりあえず、次の火曜日は予定通りということでいいですかね?」倉重は巻島に確認を取ってきた。「そこで〔リップマン〕が出てくるかどうかということになりますが」

もし〔リップマン〕が今夜、受け渡しを成功させていたら、もう番組に出てくることはないのかもしれない……そんな考えが巻島の頭をちらりとよぎるが、口には出さなかった。

「そうですね。予定通りでいきましょう」

巻島はそう答えて、スタジオをあとにした。

〔AJIRO〕本社ビルの地下駐車場に停めた車に乗り、山手署に戻る。

捜査本部には、番組をウォッチしながら、視聴者からの情報提供に対応するための捜査員が三十人ほど詰めていて、「お疲れ様です」と巻島を出迎えた。

指令席には本田と坂倉が着いていた。

「何か入ってるか?」

〔リップマン〕の動きに関することで、何らかの情報が入っていないか、巻島は訊きたかった。

「いえ、今のところ特に」本田が答える。

「そうか……」

巻島も番組の途中からは、今日は現れないだろうという読みに傾いていた。それは、この番組の放送時間を狙って、〔リップマン〕が取引を実行に移したのではないかという可能性が頭を占めていたからだ。

だから、その〔リップマン〕の動きが何らかの形で捜査本部に入ってきていないかと、気になったのだが、それらしいものは何もないようだった。

ただ、本田は、何かもの言いたげな視線を巻島に送ってきた。

「ん……？」

本田は坂倉の耳さえ気にするように、巻島の耳もとに顔を寄せてきた。

「秋本がどこかに電話してるんですよ」小声で彼は言う。

「……？」

巻島は秋本の席に一瞥を投げる。

「番組が終わったあと、どこかに出ていきましてね、私は私でちょっと目を休めようかと思って、ついさっき、隣の打ち合わせ室に入りかけたんですが、そこに秋本がいて、どこかに電話してたんです」

巻島と視線を合わせた本田は、「私に気づいて、あいつ、何か焦ってましたよ」と付け加えた。

このところの秋本の挙動がどこかおかしいという思いは、巻島も本田も共有している。

その背景に若宮の存在があるのではないかというのは、山口真帆の見方だ。

秋本の電話の相手が誰かは分からないが、〔ネッテレ〕の番組終了後に動きがあったという点が気になる。

「いつもそうか？」

巻島の番組配信後には、秋本はいつもどこかに電話しているのか訊くと、本田は首を振った。

「いや、いつもは番組のことでいろいろ話すんですけどね」

話をしていると、秋本が会議室に戻ってきた。

「ちょっと、触れてみてくれ」

巻島は小声で本田に言い、あとは黙って秋本を待ち受けた。

「お疲れ様でした」

秋本は巻島に声をかけて、自分の席に着いた。

「〔リップマン〕が出てこなかった」

巻島の言葉に、秋本は「観てました」とうなずいた。

「もしかしたら、番組にぶつけて、金の受け渡しなどの動きがあったのかもしれない」

秋本は小さくうなずいただけで、何も言わなかった。巻島が示唆した事態への対応に考えを巡らせているようにも見えるが、うがった見方をすれば、自身の心理状態を気取られないようにしているとも見える。

「さっきは悪かったな」本田が何食わぬ顔で秋本に声をかけた。「部屋を使ってるとは思わなかった」

「いえ」秋本は首を振る。「別件で電話があったもので」

「若宮さんか？」

「え、ええ」ずばりと訊かれ、秋本は仕方なさそうにうなずいたあと、「高津署の件で」と付け足した。

相手が若宮だというのは、その通りだろう。家庭の用事なら、そう言うはずであり、むしろ、若宮であることを隠そうとして、しかしそれをあきらめたというような躊躇が彼の返事にはあった。

その代わり、高津署の件と断ったところに、不自然さが生じている。本田もそれを聞き咎めたように、巻島に視線を向けてきた。

タイミングとしては、〔ネッテレ〕の番組に合わせて、若宮が動いたと言ってもいい。

今まで、そうした動きがなかったとすれば、今回は何があったか。

〔リップマン〕が番組に現れなかった……そのことと、何か関係があるのか。

木根の言動。秋本の動き。内通者の話……それらが絡み合い、巻島の頭の中で、うっすらとした形をなそうとしている。

〔リップマン〕に対する動きが、一課のほうでも何かあるのだ……巻島は漠然とそう認識した。

31

「え……兄貴、まだ帰ってきてないんすか?」

暑い陽射しが降り注ぐ土曜日の午後、渉と絵里子が家に遊びに来た。春原由香里が彼らに淡野の不在を告げると、昨夕、一緒に出ていったはずの渉は目を丸くして、そう驚いてみせた。

「渉くん、一緒じゃなかったの?」由香里は訊いてみる。

「いや、まあ、一緒だったんですけど……」渉は口ごもるように答えた。「途中で別れたんで」

「途中って、どこで？」

「いや、その、競馬場の前で」

「何それ」絵里子が眉をひそめる。「あんた、兄貴も俺も負けたって、昨日、言ってたじゃない」

「いや、別れたのはレースが終わったあとだよ。兄貴が、用事があるから一人で帰れって……」

そう話す渉を、絵里子はすがめるように見てから、「おかしいんですよ」と由香里に訴えてきた。

「昨日の夜、珍しく店に来て、しばらく泊めてくれって言ってきたんですよ。何か、自分ちだと都合の悪いことがあるみたいで」

「いや、それは関係ねえよ」渉は言う。「別に隠す理由もねえし」

「じゃあ、何よ？」

「長者町のカジノの寺尾だよ。あいつに大黒……で出くわしたんだよ」

「大黒」と口にした渉が、一瞬顔をしかめたので、絵里子が「大黒？」と訊き返した。

「大黒パーキングだよ。競馬場行く前に、ちょっと寄ったんだよ」

「ふーん」

絵里子は怪しむように渉を見ているが、由香里からすれば、そこに特段、不自然な点があるようには思えない。

「あいつ、いつの間にか釈放されてたんだよ。しつこい野郎だから、また、うちに押しかけてくるんじゃないかと思ってさ」

「その件と、淡野くんの用事は関係ないの？」由香里は訊く。

以前、裏カジノでカモられた渉が借金を作ったとき、淡野が彼と横浜に行って解決してきたことがあった。どういう手を取ったのかまでは知らないし、訊く気もないのだが、渉の話からすると、相手は警察に捕まったらしい。

そして、その相手がまた出てきたとなると、淡野の用事はその件と関係があるのではないかと由香里には思えたのだった。

「関係ない……と思うんですよねえ」

絵里子はしきりに、何か隠してることがあるのではないかと渉を問い詰めたが、渉はあれこれと言い逃れ、結局は何も知らないと言い張った。渉自身、戸惑いを見せているので、何かを隠しているようにも見えるし、単純に彼自身にも予想がつかないことが起こっているようでもあった。

淡野の不在に答えが出ないことに飽きた絵里子が、心配していても始まらないから、どこかに遊びに行こうと提案してきたが、由香里はその気になれなかった。一時間ほどお茶を飲んで時間をつぶした彼らは、何となくそうするのが自然であるかのように帰っていった。

「兄貴、横浜にも寝るとこくらいはあるみたいですし、大丈夫だと思いますよ」

帰り際、渉は由香里を勇気づけるように、そんな言葉を言い置いていった。しかしその言い方にはどこか空虚な質感があり、渉が無理をして言っているようにも感じられた。

二人がいなくなると、由香里は不安が募り始めた。もしかしてと、二階に上がり、寝室のベッドの下を確かめるが、彼のリュックはそのまま置いてあった。

どこかで事故にでも遭ったのではないか……当然のように浮かぶそんな不安は、悪い予感のうちの半分でしかない。

この家を出ていってしまい、もう戻らないのではないか……由香里にとっては、そんな不安も自分の胸を締めつける一つだった。

淡野がふらりと現れてから、三カ月半になるだろうか。その間、彼が明け方まで家を空けることは一度もなかった。

淡野が由香里のもとに帰ってきた当初は、彼がまたいなくなったとしても、また自分のところに戻ってきそうだという思いがあった。一カ月ほどここにいれば、彼はまたどこかに行ってしまうのだろうと、先回りした諦念のようなものを持っていたほうがいいと思っていたからだ。淡野はそういう風来坊的な生き方をする人間だと思っていたし、そんな生き方を受け入れるには、でも必ず戻ってくるという希望が必要だった。

しかし、淡野との生活が何カ月にも及び、彼がそばにいることが当たり前になると、今度、彼がいなくなるとしたら、もう自分のところには戻ってこないのではないかという不安が強くなってくる。

ベッドの下のリュックは、彼にとって大事なものだ。中を見なくても、その扱い方を見れば分かる。おそらくは金などの貴重品が入っているのだろう。

あのリュックを持たずに家を出ていくことはないだろうと思っていたが、それすら正直なところ、確信の持てることではない。

作った料理は好き嫌いも言わず食べ、由香里の仕事中は居間で老猫のようにおとなしくしている……家での淡野はそういう男だ。その彼が外で何をやっているのかは知らない。むしろ、知らずにいようと努めてきた。そのほうが彼にとっても楽だと思うからだ。

時折、ワイシャツ姿で出ていくこともあったが、普通の会社勤めをしているとは思えない。何か、法に触れるような仕事に手を出しているとしても驚かない。そばに居続けてくれることが重要で、外の顔はどうでもいいことだった。

昔、由香里が父親との関係を打ち明けたとき、淡野はその父を「殺してやろうか?」と訊いてきた。あまりにもさらりとした口調だったが、それがためか逆に、この人は本気で言っているると由香里には分かった。そういう暴力や犯罪が身近にある世界で生きている人なのかもしれないと思った。

殺してほしいとは思わなかったが、そんなことを言う彼が怖いとも思わなかった。むしろ、その一言で由香里は救われた気さえした。

由香里が味わってきたつらさを彼が最大限に理解してくれたことが、その言葉から分かったのが一つ。

そしてもう一つ。

彼には言わなかったが、由香里も父親を殺そうと思ったことがあったのだ。

父に性的虐待を受けた次の日、農薬を飲ませようと思い、ホームセンターで農薬を買った。高校生のときだ。

しかし、試しに飲み物に混ぜてみても、とても口に入れられるような臭いではなく、実行は不可能だと悟った。農薬は机の引き出しの奥に隠し、もう限界だというとき、自殺するために使おうと思った。ただ逆に、あのきつい臭いがする液体を飲み下さなければ死ねないと思うと、自殺願望にも歯止めがかかってしまい、結果的には由香里が高校生活を何とか切り抜ける力の一つともなった。

父のもとを離れたあとは、憎しみこそなくならなかったが、実行へと駆り立てるような殺意は消えた。もう関わりたくないという思いだけだった。

それでも、あの頃、自分が明らかな殺意を抱き、それを実行しようとしたことは、生の感覚として記憶に焼きついている。まるで自分の思考ではないみたいだが、あの頃は本気でそれを考えていた。

だから、淡野が「殺してやろうか?」と言ったとき、自分が持て余してきた負の感情が肯定された気がしたし、彼は自分と同じ感覚を持ってくれる人間なのだと思った。

彼の生き方自体は、もしかしたら由香里には理解できないようなものなのかもしれない。少なくとも、彼が語らないということは、彼にはそう思われているのかもしれない。

由香里自身は彼に何を与えられているのか分からない。だから、ただひたすら、この家を彼にとっての安息の場所にしようと思ってきた。

彼は由香里に多くを与えてくれる。彼がそばにいる間は、由香里は自分が肯定されていると思える。彼が由香里のもとから去るときは、由香里のことだけが理由ではないのかもしれないが、やはり、肯定されている感覚は薄らいでしまうだろう。

そばにいてくれることが大事なのだ。彼が一晩家を空けただけで、由香里はそれをしみじみと思い知った。

「兄貴、まだ帰ってこないんすか？」

日曜日の昼も渉は一人で様子を見に来て、淡野が帰ってきていないのを知ると、怪訝そうに首をひねった。

週が明け、月曜日の午後も渉はやってきた。

「兄貴、携帯番号、教えてくれないからなぁ」

彼も連絡の取りようがなく、途方に暮れているようだった。

「越村さんは知ってるらしいんですけど、どこにいようと彼の勝手なんだからほっとけばいいって、相手にしてくれないんすよ」

越村というのは、横浜にいる淡野の知り合いだ。ただ、絵里子が将棋の相手をして負かした人だと聞いただけなので、由香里にはすがりようがない。

渉が帰ると、由香里は言いようのない寂しさを感じ、仕事が手に付かなくなった。淡野はもう戻ってこないのではないかという気持ちに傾きつつあった。理由が分かれば待てるが、そうでない以上、楽観的な考えも続かない。

足に力が入らなくなり、淡野がよくくつろいでいた居間の窓辺に座りこんだ。

庭の菜園にはトマトの実が赤みを帯び、大きくなりつつある。ゴボウの葉も畝の上で生い茂っている。

毎日、楽しみに見ていたそんな風景も、今は妙に味気ない。

長いはずの夏の日が陰り、雲が厚みを増したと思うと、雨粒が菜園の枝葉をたたき始めた。夕立らしかった。

由香里は庭に出て、干していた染物を取りこんだ。この夕空のように、自分も泣き出しそうだった。今だけ寂しいのだ。今を乗り切れば、淡々とした生活の中で心が凪いでいくのは分かっている。けれど、それまでには少し泣かなければならない。

縁側から居間に上がって庭を振り返ると、雨は本降りになっていた。まるで自分の心に打ちつけているようだと思った。頰を伝う雫が雨なのか涙なのか、由香里にはよく分からなかった。

しかし、雨に煙る庭の向こうに人影が動いたのが見えて、由香里ははっとなった。

急いで玄関に回り、ドアを開けた。

外では、ちょうど淡野が軒下に身体を入れたところだった。

「大して濡れてない」

淡野はすべてが何でもないことのようにそう言い、軽く頭を振って、髪に付いた雨粒を落としてみせた。

「お帰り」由香里はただそう口にする。

淡野は何かの箱を抱えていた。玄関で靴を脱ぐ彼に、荷物を持とうかと由香里が手を出してみると、彼はその箱を渡す代わりに、「母親が死んだ」と言った。

由香里は出していた手を引っこめ、呆然と彼の前に突っ立った。その箱はどうやら、彼の母の骨壺が入っているらしかった。

由香里は、彼の母親が生きているのかどうかも聞いていなかった。自分のことは何も語りたがらない彼にも、当たり前のように母親がいたのだなと、ぼんやり思った。

「お前と同じだな」淡野は由香里をちらりと見て言った。「一人になった」

同じと言われて、由香里はにわかに、彼が今抱いている感情が理解できるような気がしてきた。先ほど、まさに夕立のように押し寄せてきた孤独感が形を変えて舞い戻ってきた。

それを嚙み締めると、また涙がこぼれた。

「同じなんだね」

由香里はそう言ってうなずき、彼の腕に手を触れた。

もしかしたら自分の存在も、彼に何かを与えることができているのかもしれない……共振する感情の中で、由香里は少しだけそう思えた。

32

「しかし、いいんすか?」

レンタルショップのスタッフが水上バイクを浅瀬に出すのを待ちながら、渉が淡野に訊いてきた。

「普通なら、四十九日だ何だって、坊さん呼んで、お経を上げてもらうもんでしょ。それを焼いてこんなすぐに……」

「いい」

「まあ、兄貴に常識は通用しないっすもんね」渉は淡野が手にしている小さな巾着袋を見やりながら、微苦笑してみせる。「でも、どうしてもやるんなら、せめてボートくらい借りたいとこでしたけど」

特殊小型船舶の免許しか持っていない渉では、モーターボートは借りられない。淡野ももちろん、免許は持っていない。

「十分だ」

淡野はそうとだけ言った。

渉が操縦する水上バイクは轟音を立てて海面上を疾走していく。波に乗って跳ね、派手な水飛沫が上がる。

青い空には彼方に入道雲があり、水上バイクはそれに向かって走る。雲にはいつまで経っても近づけないが、後ろを見ると、由比ガ浜の海岸線はあっという間に遠くなっている。

二キロか三キロか……海岸線が遥か彼方に遠のいたあたりで、渉の後ろで風と同化していた淡野は、巾着袋の口を緩め、それを振った。

砕いた骨粉が潮風に煽られ、太陽光を受けてきらきらと舞ったあと、ゆっくりと水面に降り落ちていく。その頃には淡野もそこから遠ざかっていて、どのあたりにそれが落ちたのかも、もはや分からない。

散骨はあっという間に終わった。

「また、夕方来てくれ」

浜から渉の車に乗って由香里の家に戻る途中、淡野は言った。

「あ……」渉が声を上げる。「〔ネッテレ〕、出るんすか？」

「ああ」

「じゃあ、裏金のほうは？」

「仕切り直しすればいい」

成功が見えていた先週金曜の機会を失ったのは誤算だったが、若宮とは接触もしておらず、やり直しはいくらでも利くと淡野は考えていた。

「よかった」渉は胸を撫で下ろすように言ってから続けた。「今度はがんばりますんで」

33

〔リップマン〕が番組に現れなかった金曜の夜以降、山手署の捜査本部では、どこかの企業や団体が〔リップマン〕と取引をした形跡がないか、これまで寄せられた情報から手繰り寄せるようにして調べ回ったが、結果としては何の手応えもないまま、次の番組配信が行われる火曜日が来てしまった。

「行ってくる」

夜になると、巻島は指令席に着いている面々に声をかけ、席を立った。今日も〔リップマン〕が現れなければ、捜査はさらに空転しかねないために、その口調も少し重くなりがちだった。

同時に、巻島は本田に短い目配せを送っておいた。秋本の動きに注意しておいてくれという意味であり、本田も心得ているとばかりの視線で応えてきた。

〔ネッテレ〕のスタジオに入り、いつものように八時から番組が始まった。

「さて、先週の金曜日の番組では、〔リップマン〕が現れなかったわけですが、その理由について改めて考えると、どういったことが言えますか？」

竹添舞子は手もとのタブレットに映し出されているアバターたちを注意深く観察しながら、そんな質問から番組を始めた。

「そうですね」巻島は答える。「もちろん一つには、〔リップマン〕に何らかのアクシデントが発生し、それがために番組に参加できなかったという可能性は大いにあると思います。〔リップマン〕に訊かなければ分からないことなので、これは想像するしかありません。それからもう一つは、前回の番組で何人かのユーザーの方もコメントしていましたが、番組が配信される時間を狙って、〔リップマン〕が取引を実行に移したという可能性も、正直なところ無視できないだろうと思います」

「やはり、その可能性もあるんですね」竹添舞子はそう応じて、手もとのタブレットに再び目をやった。「今日も今のところはまだ現れていないようですが……」

「今申し上げた二つの推測ですが、今日、〔リップマン〕が現れるかどうかによって、どちらの可能性が高いかが分かると思っています」巻島は言う。「前回、何らかの事情で番組に参加できなかっただけであれば、〔リップマン〕は本日現れるでしょう。反対に、計画が完了してしまったということであれば、〔リップマン〕はもう現れないかもしれません」

「なるほど……しかし、計画が実行されてしまっているとしたら、警察はその動きがつかめていないわけですよね。これで〔リップマン〕が姿を消してしまうとなると、巻島さんとしても、ちょっと痛いんじゃないでしょうか？」

〔リップマン〕の動きをつかめていないという点を含め、巻島は竹添舞子の遠慮のない質問に答えなかった。ただ、それに答えずとも、警察側の旗色が悪いことは、視聴者には伝わっているだろう。

巻島自身が以前認めたように、こうした公開捜査を仕掛けて、なお〔リップマン〕にたどり着けなかったとき、巻島と神奈川県警は大いに面目を失ってしまう。

事態はそうした流れに入っているのではないかと、視聴者は見ているに違いない。

「もちろん、捜査も途中でしょうから、これから分かってくることもいろいろあるとは思いますが……」

巻島の沈黙を嫌って、竹添舞子が取り繕うように言った。

「おっしゃる通り、事件というものは未然に防ぐことができればそれに越したことはないのですが、刑事捜査というのは本来、起きた事件を解決するものでありますから……」

巻島がそんなことを話していると、巻島の前に置かれたモニターに映るアバターたちの中央に、〔リップマン〕専用のアバターが出現した。

「……現れましたね」

巻島は冷静を装ってそう口にしたが、内心はほっとした思いが強かった。

［リップマン、来たー！］［待ってました！］［巻島、首の皮がつながったな！］

ユーザーのアバターたちも騒ぎ出した。

「〔リップマン〕が現れました」竹添舞子が声のトーンを上げた。「ということは巻島さん、前回は何らかのアクシデントで参加できなかったということになりますでしょうか？」

「それは本人に訊いてみるのが一番でしょう」

すでに取引を終え、巻島に何か一言言い残すためだけに現れたという可能性もある。

「〔リップマン〕、待っていた」巻島はカメラに呼びかける。

［巻島、嬉しそうだな］

〔リップマン〕らしい、皮肉めいたコメントが返ってきた。

「金曜日、現れなくて、どうしたのかと思ってたからな。事故にでも遭ったんじゃないかと心配してたんだ」巻島も応酬する。「視聴者も待ちわびてたようだ。差し支えなければ、金曜日、欠席した理由を教えてほしい」

〔大した理由はない〕〔ヤボ用ができた〕

〔リップマン〕はのらりくらりとはぐらかすように、そんなコメントを送ってきた。

「じゃあ、ずばり訊くが、次の計画とやらの先方との取引はまだ終わっていないのか？」

少しして、答えが返ってきた。

〔まだこれからだ〕

終わっていれば〔リップマン〕は巻島に勝利宣言をするはずだ。そうしないということは、この返答は事実だと受け取ってよさそうだった。

「これからという言葉は、単純には受け取れないな」巻島はもう少し突っこんでみることにした。「これはあくまで俺の勘にすぎないが、お前は金曜日の番組配信中にその取引をぶつけるつもりだったんじゃないか？　しかし、その取引は失敗に終わり、金は受け取れなかった。そうじゃないのか？」

竹添舞子がうなった。

「やはり巻島さんとしては、金曜日に〔リップマン〕が現れなかった背景には、彼の計画が関わっているという見方が強いですか？」

「理由が明かされていない以上、そう見るのが自然だと思います」

〔リップマン〕がコメントを送ってくるまでには、いつもより少し間があった気がした。どう答えるべきか考えているのかもしれない。

やがて〔リップマン〕のアバターが震え、吹き出しが出現した。

［そこまで言うなら教えてやろう］

アバターは震え続け、さらにコメントが連投される。

［番組配信中ではないが、取引の予定があったのは確かだ］［相手の対応に問題があり、取引は流れた］［前回の番組配信中は、予定を組み直していて参加できなかった］

巻島は次から次へと上げられるコメントを凝視する。どこまで真実を語っているのかは分からない。しかし、これまでの発言から考えても、ここにある程度の真実が混ざっていると取ってもいいはずだ。

取引が流れたこと。前回の番組不参加はそれと関係があること……それらは本当だと見てもいいのではないか。

「相手の対応に問題があったとは？」巻島はそこに踏みこんでみる。

［約束通りではなかった］

一言だけ回答が届いた。コメントがざっくりとしていて短いのは、それだけセンシティブな問題であることを想像させる。

「金が要求通りじゃなかったのか？」巻島は訊く。

「違う」「信頼関係に関わる問題だとだけ言っておく」

彼らが重要視する信頼関係とは……。

そう考えて、巻島はふっと口もとを緩めた。

「我々警察が張っていると警戒したか……？」

過度な警戒心から、受け渡し現場付近を警察が張っていると見誤り、取引を中止したのではないか……そんな読みがごく自然に浮かんだ。

「巻島たちがこちらの動きをつかんでいないことは知っている」「ポリスマンが教えてくれる」

「ポリスマン」の名前を出してきたあたり、巻島を揺さぶって煙に巻こうとしている意図を感じないでもない。

「〔ポリスマン〕か何か知らないが、現場の一捜査員なら、俺の指示のすべてを把握できているわけじゃないぞ。何人かを極秘に取引現場に派遣することくらいはできる。お前はそれを警戒したんだろう」

巻島は「リップマン」の反応を待ちながら、一方で考える。いや、それを警戒するために、やはり彼は、巻島が動けない番組配信時間に取引をぶつけたはずなのだ。

そんな推測を働かせる一方で、巻島はふと、番組後の秋本の不審な動きを思い出した。

その瞬間、思考回路の中で小さな火花が散った気がした。

［そんなことまで警戒していたら、取引などできない］

〔リップマン〕の返事を読み流す。番組時間に取引をぶつけたはずだという考えを突きつけてやろうかと考えたが、それはひとまず置いておくことにした。

秋本の動きは〔リップマン〕の取引中止と何らかの関係があるのではないか……思考回路に散った火花の正体を巻島はそう見定め、それについてひたすら考える。

二つの可能性がある。一つは、秋本が〔ポリスマン〕であるということだ。

しかし、巻島はそれを即座に否定する。彼のような堅実な捜査幹部が犯罪者に加担しているということは考えにくい上、若宮との連動性が説明できない。秋本の動きは若宮とつながっているとしか思えないからだ。

もう一つの可能性は、若宮が一課の中で独自に捜査班を編成し、〔リップマン〕を追っているということだ。

その場合、〔リップマン〕の計画についても詳細をつかんでいて、取引現場を張っていたことになる。

そして、秋本はその動きを知っている。高津署に派遣した特殊班の二個中隊はその捜査班に加わっていることになる……。

しかし、そんなことがありうるだろうか。普通に考えれば、そこには曾根の指示があるはずだが、曾根が極秘にそう命じる理由が分からない。

百歩譲って、山手署の帳場に〔ポリスマン〕がいることを警戒して、曾根が犯人側の裏をかくために若宮に命令したという考えは成り立つかもしれない。ただ、そうやって立ち上がった若宮の捜査班が、早くも〔リップマン〕の取引をつかんでいるというのは、にわかには信じがたい。

そうではなく、若宮の周辺が〔リップマン〕の動きをつかんだことが先なのだ。別件の捜査で偶発的に〔リップマン〕が進めている恐喝計画の情報が転がりこんできたのではないか。そうであれば、曾根もあずかり知らぬことに違いない。

それを巻島らに知らせず、独自に捜査しようというのは、捜査一課長としてのプライドゆえか。それはともかく、山手署の帳場に入っている秋本が巻島にも黙って、若宮の独尊的な行動に全面協力していると考えると、何とも苦い気持ちになる。

だが、現時点で筋が立つ可能性はそうしたものだ。

「取引の予定は、もう組み終えたのか？」巻島は〔リップマン〕に訊く。

「まだだ」〔リップマン〕は答える。

次回、また金曜日の番組配信時にぶつけてくるのではないか……巻島はそう読むが、あえて口にはしなかった。

番組を終えて山手署に戻る。帳場に残り、それぞれのスマホで番組を視聴していたらしい捜査員たちが「お疲れ様です」と口々に声をかけてくる。

指令席には本田のほか、秋本や坂倉もいた。秋本はいつもと変わらない、神妙とも言える顔つきで「お疲れ様です」と声をかけてきた。

巻島と目が合った本田が、秋本にほんの一瞬視線をやって、小さく肩をすくめてみせる。特に不審な動きはなかったようだ。

しかし、巻島が席に着いて少しすると、秋本の携帯に着信があった。

秋本はそれを手にして、会議室を出ていく。

その背中を追う本田の強張った視線が巻島に向けられ、巻島は分かっていると、小さくうなずいた。

若宮が独自捜査を敢行したところで、〔リップマン〕が取引を中止したように、その動きは相手に気取られてしまっている。

そして、それを許していても、この帳場は空転するばかりだ。

こちらが捜査の主導権を握らなければならない。

そのためには秋本を説得する必要がある……巻島はそう結論づけた。

34

巻島の番組を観終わり、若宮は釈然としない思いでスマホをテーブルに置いた。

高津署に構えている捜査本部の隣にある小さな打ち合わせ室に藤吉とこもっている。

先週の金曜日、大黒パーキングエリアに〔リップマン〕は現れなかった。それ以降、彼からは何の連絡もない。若宮としては、番組を視聴することで、彼の動向を探るしかなかった。

その〔ネッテレ〕の番組に〔リップマン〕はアバターとして現れ、取引のことに触れてみせた。その予定があったと彼は認めた。番組配信時ではないというのは、単純なごまかしだろう。それより面食らったのは、取引が成立しなかったのは相手側、つまり若宮に非があったという言い方をしていたことである。

若宮は全面的に応じる姿勢で、受け渡し現場に臨んだ。五千万も帆布《はんぷ》のトートバッグに入れ、抱えないように気をつけて、手に提げて持った。

しかしどうやら、〔リップマン〕は現場にこそ来たようだが、接触はしてこなかったのだ。

「もしかしたら、私が近くにいたのを嫌ったんですかね……？」藤吉がぽつりと洩らした。

現場には藤吉と向かい、藤吉は若宮から少し離れたところで受け渡しのときを待った。相手は〔大日本誘拐団〕として、過去に〔ミナト堂〕の社長らを誘拐した人間である。あの場で彼の一味に拉致され、さらなる犯罪に巻きこまれる危険がないとも限らない。〔リップマン〕と打ち合わせはしなかったが、藤吉を同行させるくらいは許容範囲だろうと思った。

一応、距離は取らせたが、存在に気づかれたとしても、その程度のことで取引がご破算になるとは思っていなかった。だが、理由としてはそれくらいしか考えにくいのも確かだ。

「しかし、向こうはどう考えてるんだ……？」

仕切り直しの連絡もないまま、今日に至っている。向こうからアプローチがない以上、若宮も動きようがない。連絡が来る可能性が高いのは、番組終了後かと読んで、小部屋にこもってはいるが……。

焦れた思いで藤吉と沈黙の時間をすごしていると、若宮の携帯に非通知の着信があった。

やはり来た。

〈若宮か？〉

電話を取ると、機械で作った〔リップマン〕の声が聞こえた。

「どういうことだ？　こちらは約束通りに待ってたぞ」若宮は文句をぶつけるようにして言

った。

〈そばに張っている男がいた〉

「藤吉を連れていっただけだ」若宮は言う。「こっちだって最低限、身の安全を図る策は取らせてもらわなきゃいけない」

〈そんなことだろうとは思ったが、念には念を入れ、中止させてもらうことにした〉

「その場で電話してくればよかったんだ」若宮はぶつぶつと言う。「それで、どうするんだ？」

〈仕切り直しだ〉〔リップマン〕は淡々と言った。〈次の金曜日にまた設定する〉

若宮は吐息を一つついて、気持ちを切り替える。

「場所と時間は？　同じでいいのか？」

〈同じだ〉〔リップマン〕はそう答えてから、続けた。〈ただし、次は秋本に持ってこさせろ〉

「何？」

〈前回が中止になったことで、巻島が我々の動きに気づく猶予を与えたのは確かだ。現にあいつは、番組配信時に取引をぶつけようとしたことまでは、ほとんど確信していると言っていい。次の取引までに何があるか分からない。この計画が巻島に洩れるとすれば、秋本から渡し役にしろということなのだ。

若宮はうなるしかない。秋本を今以上に強く、この計画に縛りつけておくため、彼を受け渡し役にしろということなのだ。

〈若宮は同行してもいい。ただし、受け渡しのときは車で待機しろ。現場へは秋本一人だ〉

秋本はこの事件を捜査している当人であり、取引の実行役を任されることには、それなりの葛藤があるだろう。それが取引にどう影響するか分からない。若宮が現場まで同行し、にらみを利かせることで、その手当てをしろと言っているわけだ。

〈こちらは約束した取引以外に、何かを企てるつもりはない。その場で拉致されるかもしれないなどと余計な心配はするな。秋本を拉致したところで、こちらには何のメリットもない〉

若宮が抱いていた懸念にもそんなふうに触れてみせた。神経が行き届いているというほかない。若宮は「分かった」と応えた。

電話が終わると、高島町の料亭に予約を入れ、さらに秋本にも電話をして、高島町に来るように伝えた。

藤吉と一緒に高島町に移り、運ばれてきた料理に箸をつけ始めた頃に秋本がやってきた。

「〔リップマン〕は何と……？」

秋本は若宮が注いだビールを押しいただきながら、それには口もつけず、そのことをまず訊いてきた。

「藤吉が現場にいたのを嫌ったらしい」若宮は言う。「今週の金曜日に仕切り直すことになった」

秋本は気重そうな表情のまま、小さくうなずいた。事態が止まってしまうと、何とも言えずもやもやとした気分に襲われるが、それがまた動くとなっても、一切の片がつくまで気が晴れることはない。そんな感情は、裏金に関わっているメンバー誰もが共有しているものだった。

ただ、事情を把握し、いくぶん落ち着いたのか、秋本はようやくビールグラスに口をつけた。

「次は秋本に持っていってもらう」

若宮がそう言い足すと、秋本はさすがにそれは予想していなかったらしく、愕然とした目で若宮を見返してきた。

「〔リップマン〕からの指示だからしょうがない。心配するな。俺も付いていく。ただ、受け渡しの現場に立つのは、お前一人ということだ」

「どうして私が……？」秋本は唇を震わせ、そんな問いをこぼした。

「考えれば分かるだろう」

若宮はそう言ったが、秋本はまったく頭が回らないように首を振るだけだった。

「受け渡しは流れたが、番組の時間にそれをぶつけたことを、巻島は感づいている。ここから巻島がどう出てくるか。万が一、巻島に情報が洩れるとすれば、お前からだということを向こうは警戒してる。要は、お前を受け渡し役にすることで、お前自身を人質に取ることにしたわけだ」

秋本は顔を強張らせたまま、テーブルのどこかを見つめ、浅い呼吸を忙しなく立てている。

「しかし、捜査官の番組出演時は、帳場でそれを観ながら、視聴者からの情報提供に対応することになっていますし、その席を外すというのは……」

「そんなのは、俺に呼ばれて外すことにすればいい」若宮は押し切るように言った。

「はあ……」

秋本はあくまで気が乗らないような反応を示してみせたが、相手からの要求である以上、若宮としてはどうしようもない。

「私の顔が分かっていなかったということは、秋本の顔も分からないでしょうし、中畑に秋本役をやらせたらどうですかね？」

秋本の様子を見て心もとないと思ったのか、藤吉がそんな提案をした。

「秋本の顔が分からないとは言い切れないだろう。〔ポリスマン〕を通して把握してる可能性もある。次また流れたらどうするんだ。さっさと片をつけたほうがいい」

「そうですね……」

藤吉を納得させ、若宮は秋本を見据えた。

「当日は実際、電話で呼んでやる。巻島に何か訊かれたら、高津の帳場の件で呼ばれたと言えばいい。まああいつは、自分の出演のことで頭がいっぱいだろうから、お前のことなんかに構ってる余裕はないだろ」

秋本は前向きとはとても言えない様子だったが、受けるより仕方ないと理解したらしく、緩慢にうなずいてみせた。

「金曜まではいつも通りでいろよ。そんな顔してたら、巻島じゃなくても、何かあったのかと気にしてくるぞ」

藤吉がそんな言い方で激励すると、秋本も腹を固めるしかないと思ったのか、「はい」と何かを呑みこんだような返事をした。

35

「津田長、もう帰るか？ ちょっとお茶くらい付き合ってくれるか？」

番組終了後に寄せられた視聴者からの情報収集にも一区切りつき、遅くまで残っていた捜査員もそれぞれ仕事を切り上げ始めている。指令席でも、秋本が若宮から呼ばれたとのことで帳場をあとにしている。

津田もそろそろ今日の仕事を終えようかという一人だったが、巻島が声をかけると、「喜んで」と疲れた顔も見せずに立ち上がった。

「青山、悪いが、お茶をいれて、持ってきてくれるか」

津田と二人で隣の打ち合わせ室に移ると、間もなく青山がお茶を運んできた。

「ご苦労さん。今日はもういいぞ」

巻島がそう声をかけると、青山は「お疲れ様です」と短く挨拶して部屋を出ていった。その物腰に巻島への反感めいたものは見受けられない。

「お茶くみでも、特に嫌がる様子はないな」

青山の姿が消えたあと、巻島は視線を津田に戻して言った。

「不愛想ですが、反抗的な態度を取るような子ではありませんよ」津田が言う。

「何か気になるところはないか?」巻島は少し突っこんで訊いてみる。

「確かに、帳場の人間や捜一の噂なんかには興味を示すところがあります。周りからは捜一勤めを狙ってるんじゃないかと思われてるようですが」

「先週の金曜は何か変な動きはなかったか?」

「彼にですか?」

「ああ、〔ネッテレ〕の番組があった前後だ」巻島は言う。「席を外してどこかと頻繁に連絡を取ってたとか、あるいは携帯をしきりに気にしてたとか……」

津田は思い出すような間を置いてから首を振った。

「特には気づきませんでした」

「今日も変わりはなかったか?」

「そうですね」

「そうか……ならいい」

事態は急を要している。取引の仕切り直しは、おそらく次の金曜の番組配信時になされると巻島は読んでいる。

ただ、たとえ青山に何かあるとしても、それを事態打開の糸口とするには、時間が足りないようだった。

翌日、巻島は朝の打ち合わせが終わったあと、今度は同じように、秋本を小部屋に呼んだ。糸口はここにしかないと、巻島は見定めていた。

「そう言えば、上の娘さんはいくつになるんだったか？」

朝からどこか表情が硬い秋本に対し、巻島は彼の家族の話から入って、場の空気を和らげようとした。

「十八になりました。高三ですね」

「もう高三か」特殊班で一緒に働いていたときは小学生だと聞いていた。時が経つのは早い。

「じゃあ受験か」

「ええ、夏休み中は塾に通ってます。まだ今のとこはのほほんとしてますけど、そのうちピリピリし出すんでしょうね」

「そうだな」巻島はいずみの受験の頃を思い出して微苦笑する。「じゃあ、下の子もけっこう大きくなってるんだな？」

秋本には長女の下に四、五歳離れた長男がいるはずだった。

「そうですね。下は中二ですけど、大学の付属校に入ったんで、今はマイペースにやってます」

「そうか、そりゃよかった」巻島は言う。「まあ多少財布から出ていく分が多くても、やきもきしなくて済むなら、そのほうがいいよな」

「ええ」

そんなやり取りで場が和んだかどうかは分からなかった。少し沈黙を挿んだだけで、秋本の表情には硬さが舞い戻った。

「高津の帳場のほうは、まだかかりそうか？」

「ええ……」返事の声がかすれ、秋本は咳払いをした。「だいぶ、詰めの段階には近づいてると思いますが」

巻島は目を伏せるようにして小さくうなずいてから、言葉を継いだ。

「秋本、少し教えてほしいんだが……」

「はい……？」

「若宮さんと連絡を取ってるのは、高津の件だけなのか？」

すっと視線を秋本に向けると、彼はそれにからめ取られたように表情を硬直させた。

「少し前から、お前の様子がおかしいと、みんな気にしてる」

秋本はただ、瞬きを繰り返し、喉仏を動かした。

「……何がですか？」彼は巻島から目を逸らし、声を絞り出すようにして、そう言った。

「それは俺が訊きたい」巻島は静かに言う。「お前が抱えていることを」

「私はただ……与えられた仕事をこなしているだけです」

彼は表情を強張らせたまま、唇だけを動かして言う。その顔は青ざめている。巻島は、彼が何か隠していると確信する。

「その仕事というのは何だ？」

秋本は巻島に向かって、まったくの嘘八百を口にできるような男ではない。彼が問いかけをはぐらかそうとして使った言葉を拾って、真相に迫ってみる。

「何だって……」

「若宮さんから与えられている仕事だ」巻島は言う。「高津の件以外で」

詰問口調にならないように気をつけてはいるが、秋本には十分すぎるほど鋭く突き刺さっているようだった。彼は絶句したまま下を向いてしまった。

「別にお前を責めてるわけじゃない」巻島はそう話しかける。「若宮さんに頼まれればそれに協力するのは、彼の下に就く者として当然だ。ただ、こっちはこっちで必死にやってる。裏でこそこそ動かれて、いい気はしない」

巻島は一呼吸置いて、秋本に確かめる。

「〈リップマン〉に関することだな?」

秋本は黙りこんでいる。その無言が、答えだと取ってもよさそうだった。

「捜査官……」彼は少ししてから、苦しそうに口を開いた。「私をこの帳場から外してください。私はこの帳場の任務に就く資格はありません」

「駄目だ」巻島は言った。「悪いが、そういう形で君を楽にしてやることはできない」

今現在、〈リップマン〉に迫る糸口はここにしかない。それを手放すことはできない。

「〈リップマン〉は取引現場で警察の影を感じ取っている。だからこそ取引を中止して仕切り直そうとしている……俺はそう読んでる。若宮さんたちの動きは捜査を攪乱させるもとにしかならない」

巻島がそう説いてみせると、秋本は一瞬眉を動かし、戸惑ったような目つきを見せた。

「ん……?」

目が合い、巻島がその違和感を見咎めると、秋本はすぐにまた目を伏せた。

「どうした?」

「いえ」秋本は首を振る。

「そういうことじゃないのか?」

秋本は答えなかった。

見立てが少し違っているのか。

「若宮さんたちが〔リップマン〕の件で動いているのは確かなんだろう？」

巻島はそう訊いてみるが、秋本は簡単にはうなずかなかった。

「私の立場ではちょっと……」

答えられないという。しかし、その言い方は肯定していることと変わりない。

「君の立場は、〔リップマン〕を追っているこの帳場の捜査幹部だ」

巻島はそう言ってみるが、彼は頬をかすかにゆがめるだけだ。

「次の金曜、〔ネッテレ〕の番組配信に、〔リップマン〕はもう一度取引をぶつけてくると思う。成功すれば、〔リップマン〕はもう番組にも現れなくなるだろう。この機会を逃したら駄目なんだ」

そうした予想は秋本も独自に立てているのか、そこに大きな反応はない。ただ、苦悩する表情を崩さず、黙りこんでいる。

沈黙が塊となって、秋本の肩にのしかかっているのが、巻島には目に見えるようだった。

「この帳場から外してください」

秋本はその苦しみに耐え切れなくなったように、もう一度その言葉を口にした。

「駄目だ」巻島は冷然と言う。「一日じっくり考えろ。誰の意見も聞かず、自分一人で考えろ。何を一番大事にしなきゃいけないか、自分で考え抜いて結論を出すんだ」

若宮の独自捜査に協力することに、それほどまでの強い呪縛を受けているのか……巻島には理解できない部分がある。何か、それ以上に抱えている裏もありそうだ。

ただ、とにかく秋本にはそれを振り切って事情を吐露してもらい、こちらの捜査に専念してもらう必要がある。

金曜までに何としても打ち明けてもらわなければならない。

翌日木曜、巻島は再び秋本を会議室隣の小部屋に呼んだ。

秋本は一睡もできなかったのか、目を充血させ、その下には濃い隈《くま》を作っていた。その姿を見ると、かつての部下を自分がそこまで追いこんでしまっているのかと気づかされ、巻島は何とも言えない気分になった。

「一晩考えたとは思うが……その様子だと、結論は出ていないみたいだな」

秋本は虚ろな目を落とし、唇を結んでいる。

「君がそこまで頑なになるのはよほどのことだな」巻島は言う。「俺には分からない君と若宮さんとの絆があるということなんだろう。若宮さんはああ見えて、下への気配りが行き届いてる。俺も特殊班の代理時代、理事官の彼によく声をかけてもらった。何でもない言葉であっても、気にかけてくれているということは伝わる。そういう人だからこそ、捜一をまとめられるし、下も付いてくる。俺には欠けている部分だ。君のそういう様子を見ると、俺はこれまでの自分を顧みて忸怩《じくじ》たる思いになる。昔の特殊班での関係だけをもってして、君から尽力を得られると勘違いしてた。まったく恥ずかしい限りだ」

秋本は下を向いたまま、ほんのわずか首を振った。

「一つ訊きたいが、君は、若宮さんに任せたほうが、〔リップマン〕の逮捕につながるという考えなのか？」

秋本はしばらく黙っていたが、やがて、「そういうことじゃないんです」とかすれた声で言った。

「あくまで、若宮さんに義理立てしなきゃならない何かがあるということか」巻島は独りごちるように言い、小さな吐息をついた。「しかしな、あの人が独自捜査を仕掛けているとしたら、それはただ、捜一の面子を保ちたいがためにやっているだけのことだ。しかも、〔リップマン〕には気配を悟られている。そんなやり方がうまくいくとは思えん」

巻島は秋本の思い詰めたような顔をじっと見る。彼はうなずくことも首を振ることもなく、ただかすかに頬をゆがめている。

「そういうことでもないんだな……？」巻島は昨日の秋本の反応を思い出し、そう訊いてみる。

秋本はどんな表情も見せられないというように、下を向いたまま、目を閉じてしまった。まるで取調室で落ちる前の被疑者を相手にしているような気分になり、巻島はやり切れなくなる。

しかし、すべてを自分の身で抱えこんでいるような彼の様子からすると、昨日、巻島が言い渡したように、若宮にこの件を相談することなく、一人で悩み抜いているには違いないようだった。そうであれば彼の心はかろうじて独立を保っているとも言え、まだ巻島の声に耳を傾けてくれる余地はあるように思えるのだった。

「若宮さんから何を聞いているのか知らないが、それを教えてくれないか」巻島は一方的に語りかける。「秋本……〔ネッテレ〕での公開捜査は、一応やってみるかというような、単に奇をてらったものじゃない。俺なりの背水の陣だ。次の取引が成立して、〔リップマン〕が再び闇に消えれば、この捜査は暗礁に乗り上げる。〔ワシ〕のときのあの徒労感を再び味わうだけだ。俺自身はまたどこに飛ばされようと構わないが、むざむざとチャンスを逃してあの徒労感に苛まれることだけは避けたい。秋本……お前の持っている情報がどれだけ捜査に結びつくものかは分からないが、少しでもプラスになるものであれば、俺に教えてくれないか？」

沈黙が落ち、時間が流れる。

秋本が大きなため息を洩らして、背中を丸めた。

「捜査官……」秋本はうめくように口を開いた。「それがただの情報であれば、私はすぐにでもお伝えするだろうと思います。捜査官のこの捜査に懸ける執念は誰よりも理解しているつもりです。私も最初は、捜査官と一心同体の気持ちでこの捜査に当たっていました」

秋本はそう言って、唇を震わせている。

ただの情報ではない……巻島は彼が抱えているものの得体の知れなさに、かすかな戦慄を覚えた。

「なら、何だ？」巻島の声も自然とかすれ気味になった。

「私も関係してしまっています。果たさなければならない役目もあって、私がここでそれを洩らせば、その役目を無責任に放棄し、自分だけでなく若宮さんたちのキャリアを絶つことになってしまいます。正義の名のもとで考えるなら、毅然とそうすべきだとは思います。しかし、こういう現実を抱えると、その正義は果たして振りかざすに値するものなのか、単に理想を追い求めているだけの安っぽくて独りよがりなものではないのかと、負の価値観でそれを捉えたくなる自分もいて、答えの出しようがないんです。捜査官に失望されるのは仕方ない。しかし、言えばおそらく、捜査官自身にも重いものを背負わせてしまう。それを思うと、どうしても口から出てこないんです」

いったい、秋本は何を抱えているというのか……巻島には見当がつかなくなった。単に若

宮の独自捜査を黙認し、山手署の帳場の捜査状況を向こうに伝えているという話ではないと

分かった。

秋本や若宮を含めた捜一幹部何人かのキャリアが関わるような問題が横たわっているのだ。

聞けば、巻島の手にも持て余すような話らしい。しかし、ここでそれを聞かなければ、〈リ

ップマン〉の捜査は前へと進まない。

「秋本、どうやら俺の見込みとは違う話のようだが、それ以上は聞かなきゃ分からない。俺

は何を背負おうと構わない。一緒に考えれば、何かいい道が見つかるかもしれない。俺は、

お前のキャリアを棒に振らせたいとは思ってない。とにかく、その話を教えてくれ。それで、

どうすればいいか一緒に考えよう」

秋本は唇を嚙んで何度かうなずいたが、すぐには口を開こうとしなかった。詰まった配管

から汚泥が取り除かれるような時間の流れが必要だった。

巻島としては、今日は何時間でも秋本と付き合うつもりだった。彼の口から重い沈殿物が

吐き出されるまで、辛抱強く待った。

「一課で……」

やがて、秋本が意を決したようにしゃべり始めた。

「うん……」巻島は先を促す。

「……プールされている裏金があります」

裏金と聞いて巻島が知っているのは、十年ほど前、調査によって県警全体で明るみに出た〝預け〟の実態だった。総額で十億以上に上り、捜査一課も一千万ほどの不正を指摘された。関係者は捜査幹部らも含まれていたようだが、県警はそれぞれの部署の会計責任者への訓告などの処分にとどめ、それで幕が引かれた形となった。

ほとぼりが冷めれば、春暖の中で雑草が芽吹くように、組織の悪い癖が出てきたということか。巻島自身はそうした話とは距離のあるところにいたが、一課には飲み食いに出せるポケットマネーが潤沢にあるらしいという噂は耳にしたことがあるし、幹部間で必要性も定かでない酒席が時折設けられている気配も察していた。そうした内側の話に興味を向けてこなかったのは、巻島の気質ではないからという以外にない。

「何人かの幹部がそれぞれ手もとに分けて保管することから、〝手持ち〟と呼んでいます」

秋本によれば、〝預け〟の悪習がまたぞろよみがえったわけではなく、昔から〝預け〟と並行して受け継がれてきたものだという。そうした問題から遠かった巻島の見立ては、まだまだ現実を的確に捉えられていないようだった。

「私はちょうど〔ワシ〕の事件のあとから不正経費の捻出に協力を頼まれ、課長代理に上がってから、保管を受け持つようになりました。もちろん、それが問題であることは分かっていましたが、それを任されるということは信頼されているということでもあり、あるいは試されているということでもあり、当時の私に断ることはできませんでした」

〔ワシ〕の事件ののち、秋本が幹部として特殊班に残ることができた裏には、そうした事情があったのだ……初めて知る事実だったが、巻島にはどこか納得できる思いもあった。本田であれば、そうした条件は一蹴するだろう。しかし、秋本は性格的にそれができない。

「その〝手持ち〟がふくらんで、現在五千万余りになってます」

五千万という額を聞いて、巻島はあっと思った。この話がこういう形で〔リップマン〕につながってくるとは思わなかった。

「おそらく、〔ポリスマン〕がそれを調べ上げ、〔リップマン〕に教えたんだと思います。〔リップマン〕は若宮さんに、その五千万を寄越すよう、取引を持ちかけてきました」

あまりに大胆すぎる〔リップマン〕の計画に、巻島は言葉を失った。

「取引に応じなければ、〔ネッテレ〕の捜査官の番組で裏金の事実を暴露する……それが〔リップマン〕の脅し文句です」

巻島自身も図らずして、〔リップマン〕の周到な計画に組みこまれていた……それに気づいて、思わずうなり声が洩れる。

「応じることにしたのか？」

訊かなくても分かっていることだが、訊かずにはいられない。事件化していれば、若宮たちのキャリアが傷つくとしても、それには限度がある。しかし応じて失敗すれば、自身のすべてを失うことになる。

秋本は目を伏せるようにしてうなずき、後戻りのできない賭けに身を投じていることを示した。

「取引は先週の金曜日、〔ネッテレ〕の番組配信にぶつけてきました。ただ、向こうは若宮さんに同行していた藤吉さんの存在を嫌って、接触してきませんでした。いったん仕切り直すことになり、次回は明日金曜日と決まっています」

取引日時については巻島の読み通りだった。ただ、その相手が予想を超えていた。いくら視聴者や一般市民からの情報を洗ったところで一向に当たらないのも当然だった。

「その次回の取引の受け渡し役には、私が指名されました」

巻島は再びうなった。秋本の苦悩の全容がようやく分かった気になった。

〔リップマン〕が秋本を指名してきたのだという。〔ポリスマン〕から、巻島と秋本の関係性なども もちろん聞いているのだろう。取引が組み直され、頭を冷やす時間が生じる中、秋本が裏切る可能性を消すために、あえて受け渡しの当事者に指名したのだ。

「〔リップマン〕の計画は大胆でありながら、こちらの人間関係や心理状態を読み切ったものので、神経が隅々にまで行き届いています。若宮さんは裏金の発覚はもちろんですが、そのことで〔リップマン〕に脅されたという事実そのものが県警の汚名になると考えていて、自分たちだけではなく、本部長をはじめとする上層部のキャリアにも傷がつくと考えています。だったらいっそ、取引に応じて、〔リップマン〕には裏金もろとも闇に消えてもらうほうがいいという考えです」

馬鹿な……そう呟きたくなるが、呟いたところでどうすることもできない深刻さがそこには存在していた。

脅されたこと自体、県警の屈辱であり汚名であるのは確かだが、取引に応じるという選択は、それとは次元の違う、取り返しのつかない領域へ踏みこむ一歩である。

「申し訳ありません……私はその方針を拒否することができず、さらには〔ポリスマン〕の問題で帳場を混乱させるような言動も取りました。まったく、この帳場の指令席に座る資格などありません。〔リップマン〕が番組で指摘していた、ほかの裏切り者というのは私に相違ありません」

秋本はそう言って頭を下げた。その顔をゆっくり上げても目は伏せたままであり、巻島を見ることができないようだった。

「よく話してくれた」

巻島はそう言ったが、我ながら無理をしている感覚が拭えなかった。実際、そのあとの言葉が続かなかった。目の前に全貌を現した事実に対して、どう立ち向かえばいいのかという考えはまったく定まらない。

「〔ポリスマン〕が誰かということは分かってるのか？」

「いえ……まったく何も。ただ、おそらくこの帳場にいるんだと思います。帳場が取引現場に網を仕掛ければ、〔リップマン〕にそれが伝わる手筈にはなっているようです」

どういう手を取るにしろ、慎重さが要求されるということは分かった。

「秋本、とりあえず君は、普段通りに任務をこなせ。明日の受け渡しにどう臨めばいいかは、俺もじっくり考えてみる」

「分かりました」

秋本はすべてを巻島に委ねるように力なく返事をし、もう一度頭を下げた。

巻島に打ち明けた以上、秋本は自分の進退をも当然覚悟したに違いなかった。この問題は、それを避けては通れないほど大きなものである。

しかし、そうするには葛藤も強かったはずだ。若宮らのことだけではない。秋本には二人の子どもがいる。課長代理に昇進してから、保土ケ谷《ほどがや》にマンションを買ったとも聞いている。犯罪を憎む捜査幹部である前に、一介の勤め人であり、家庭人である。

かつての部下であり、そのことを十分すぎるほど知っているがゆえ、巻島はこの現実をどう処したらいいか分からなくなっていた。

巻島は周囲から変わり者のように捉えられることも多いが、融通の利かない潔癖症だとは自分自身でも思っていない。利があると踏めば、多少のことには目をつぶり、駆け引きに応じることも厭わない。

しかし、それもこれも、事件解決という大きな果実を取らんがためのことである。

今回の件は、目をつぶってしまえば、それは事件解決の放棄を意味する。巻島の信条にもっとも反する行為だと言っていい。自身の否定であり、その選択は巻島にとって万死に値する。

秋本と帳場に戻り、そのまま夕方まで普段通りを装って仕事をこなしたあと、仕出し弁当を手にして、隣の小部屋に本田を誘った。

「秋本も、割と難しいとこがあるんですな」

本田が箸を割りながら、困ったように言う。

「いや、話は聞いた」

「えっ？」

巻島と秋本の様子から、事態は膠着したままだと受け取っていたらしく、本田は驚いた顔を見せた。

巻島は慎重に言葉を選びながら、判明した事実を本田に話した。本田は割り箸を手にしたまま、呆然と聞いている。弁当に目が向く余裕もないようだった。

「最悪だ……」

すべての話を聞き終えた本田は、額に手を当て、そう言うしかないようだった。

本田がうなっている間、巻島は弁当に箸を付けた。

「食べろ。〔ポリスマン〕は取引を前に、我々の行動に変化がありはしないかと目を光らせてる。弁当がちゃんと空になってるかどうかも見ているかもしれん」

「いや、しかし……」本田は箸で煮物をつまんでから、それを戻した。「いったい、どうするんですか？」

「まだ考えてる」巻島は言う。

「それはその……」本田が言いにくそうに訊く。「見逃すことも選択肢には入っていると……？」

「どう思う？」巻島は逆に、本田の考えを訊いた。

「いや、まあ……現実を見れば、断腸の思いでそうするのも一手かとは思いますが」

巻島にその気持ちがあることを悟ったのだろう、本田は理解を寄せるようなことを言った。

巻島はうなずく。「取引現場に捜査員を張らせる動きは、〔ポリスマン〕から〔リップマン〕に伝わってしまう。いくら人員を厳選して極秘に事を運ぼうとしても、〔ポリスマン〕が誰か分からない現状では、〔リップマン〕にこちらの動きが伝わるリスクを消すことはできない。そんなふうに、捜査がうまくいく見込みが立てられないのであれば、いっそのこと動かないという選択肢もありうると思う」

「確かに」

本田はしかつめらしい顔をして同意を示したが、どこか無理やり口にしている感も拭えない。いや、巻島自身がその論理を苦しく感じているからそう思えるのかもしれなかった。

「だが、まだ分からん」巻島は言った。「ギリギリまで考えたい」

「この話は、私が聞いただけですか？」

「そうだ」巻島は答える。「ほかには伏せておいてくれ」

「山口課長には……？」

「言わないつもりだ。課長に上げれば、課長は何らかの判断を下さなきゃならなくなる。あとになって事がこじれたとき、何も知らされてなかったと非難されても、それはしょうがない。知らないでいれば、俺の独断でやったことで済む」

それを聞いて、本田は表情を曇らせた。

「すべて捜査官が背負いこむわけですか……」

「そんな格好いいものじゃない」巻島は言う。「秋本と長く仕事をしてきた俺に決めさせてほしいだけだ」

「しかし、事がこじれたとき――つまり、裏金が〔リップマン〕の手に渡ったことが何かのきっかけで表面化してしまったときですな――それを黙認した捜査官は、元来負わなくてもいい責任を負わなきゃいけなくなる。私も秋本とは付き合いが長いですし、何とかしてやりたい気持ちはあります。けれどこれは、あいつが一課の中でうまく立ち回ろうとした結果、巻きこまれたことでしょう。捜査官が身を挺してまでそれを守るべきだとは、私は思いませんよ。山口課長に上げることがためらわれるんなら、いっそのこと、本部長にまで上げたらどうですか。あの人も、そういう話が露呈すれば、県警のトップとして無傷ではいられないでしょうから、存外、捜査の手を引かせようとするかもしれない。それならそれで、上の判断ですから、しょうがないということになる。わざわざ捜査官が自分の身を危険にさらすことはありませんよ」

巻島は小さくうなずくだけにとどめた。

「もう少し考えてみる。君もいつも通りに仕事を続けてくれ」

巻島はそう言い、あとは黙々と箸を動かした。


自宅に帰ったのは十時を少しすぎた頃だった。

リビングを覗くと、風呂に入って肌の手入れも念入りに済ませた様子の園子が、ローテーブルにタブレットを立てて、それと向かい合っていた。

「あ、お父さん、帰ってきたわよ」

タブレットの画面を覗くと、いずみと一平が映っていた。

いずみたちのライフスタイルに触発されてか、園子も最近、タブレットを手に入れた。それ以来、いずみたちとたびたびこうやってビデオ通話を楽しんでいるのだ。

〈一平、おじいちゃん、帰ってきたよ。お帰りって〉

〈おかえりなさい〉

いずみに促され、一平が画面の中で手を振っている。

〈〔リップマン〕、捕まった?〉

いずみは巻島の番組も欠かさずチェックしているらしい。

「まだだ」巻島は答える。「一平はもう寝る時間だろ」

〈そう。もう寝かせようと思って〉

「一平、おやすみなさい」

〈おやすみなさい。〔リップマン〕、はやくつかまえてね〉

「ああ」

いずみの影響か、妙なことを付け足した一平の言葉に、巻島は苦笑する。

寝室で着替えて戻ってくると、ビデオ通話を終えたらしく、園子は巻島のお茶をいれていた。

「『お父さん、疲れた顔してるね』って、いずみ、心配してたわよ」ダイニングテーブルに着いた巻島の前に、園子が湯呑みを運びながら言う。「今のこういうカメラはきれいに映るから、ごまかし利かないわね」

「そりゃ、一日仕事して帰ってきたんだから、疲れた顔もするさ」

巻島はお茶をすすり、ゆっくりと息をついた。

「でもまあ、俺の顔がどうこうってことしか心配がないのなら、それだけうちは平和だってことだな」

「さあ……そんな言い方もできるのかしらね」園子は肩をすくめる。

「考えてみれば、こうやって今まで何もなかったような顔をしていられるのが不思議だ」

園子もかつては婦警をやっていただけに、巻島の仕事がどのようなものかまったく想像できない人間ではない。

「ちょこちょこ頭を抱えたくなるようなことはあったけどね」園子はそう言って笑った。

「それでも何とかなった」巻島は言い、彼女に訊いてみた。「俺が仕事を辞めたらどうしようと考えたことはあるか？」

園子は思い出そうとするように少し首をかしげてみせたが、すぐにそれを振った。

「それはないわね。あなた、辞めたそうな顔は見せたことないから」

「顔か……」巻島はふっと笑う。

「言葉じゃなきゃ、顔よ」彼女は当然だとばかりに言う。

「そういう顔をしてたら考えたか？」

「そりゃ、それくらいの覚悟はできますよ」

伊達に刑事の妻をやってきたわけじゃないとでも言いたげな口調だった。

「そんなもんか」

巻島は少し気持ちが軽くなった気がした。

しかし、秋本はどうだろうか。

彼には彼の事情がある。自分と同列に語ることはできない。

明日まで悩むしかないな……巻島は園子に隠れて、小さくため息をついた。

「相変わらず、〔リップマン〕の影はどこにも見えずですか……」

金曜日、朝の打ち合わせを覗きに来た山口真帆は、ため息混じりに活路が見出せない捜査の状況を嘆いた。

「今夜も〔ネッテレ〕がありますよね。〔リップマン〕、そこに取引をぶつけてきそうですよね」

彼女だけでなく、この捜査に携わっている者なら、〔リップマン〕が〔ネッテレ〕の番組配信時間に取引をぶつけてこようとしていることをほとんど疑いなく想定していると言っていい。

そして実際、〔リップマン〕は取引をぶつけようとしているのだ。

「私もそう思います」

巻島は秋本から聞いた話を伏せ、そんなふうに会話を合わせるだけだ。

「でも、それを承知で出ないといけないのがつらいとこですよね」真帆は言う。「もしこれで、〔リップマン〕が姿を消したら、秋本さんじゃないですけど、〔ポリスマン〕を探すほうに力を入れるしかないですかね」

「もちろん、そちらもやらなくちゃいけません」

彼女に事情を話せば、今夜の取引にどう対応するかという方針は、実捜査の問題だとして、巻島に判断を一任してくれるかもしれない。

ただ、この話には、県警内の裏金の問題が付いている。それを知った以上、彼女は自分のところだけに話をとどめておくことができなくなる。岩本刑事部長に上げざるをえないし、岩本は曾根に上げざるをえないだろう。

そうした動きが進むと、この問題の扱いは巻島の力の及ぶところではなくなり、予測がつかないものになるに違いなかった。

裏金問題が〔リップマン〕の捜査と切っても切り離せないものになっている以上、巻島は責任論に巻きこまれるのを承知で、自分がこの局面での手綱取りをするべきだと覚悟していた。

そして昼すぎには、巻島の中で、手綱取りの方向性も固まった。

「悪いがちょっと、買い物を頼まれてくれないか」

熟考のために小部屋にこもっていた巻島は、本田を呼んで使いを頼んだ。捜査本部のナンバー2に任せる仕事ではないが、秘密裏の動きだけに仕方がない。本田は酢でも飲んだような顔をして応じ、帳場を出ていった。

やがて本田が買い物から戻ってきた。品物を確かめ、しばらくそれを充電する。充電が終わったところに、本田とともに秋本を呼んだ。

秋本は法廷に引き出された罪人のように、顔から感情を消していた。

「本田には話した」

巻島が言うと、秋本は無言で小さくうなずいた。本田は決して穏やかとは言えない目で秋本を見ているが、言葉で責めることはしなかった。もはや、いつものようなぼやきを口にするレベルの問題ではないと言いたいのかもしれない。

「いろいろ考えたが、今夜の取引現場に誰かを張らせるのは適当じゃない。この帳場に〔ポリスマン〕がいるとすれば、そうした動きは向こうに洩れる可能性が高く、どちらにしろ意味をなさなくなる」

巻島は一呼吸置いてから、「ただ」と話を続けた。

「俺はこの帳場の指揮をとる以上、捜査を放棄することはできない。そして君も、この帳場の幹部として、〔リップマン〕逮捕に向けて捜査を導く責任がある。だから、今夜の取引現場では、一つ仕事をこなしてもらいたい」

本田に防犯ショップで買ってきてもらった品物を秋本の前に出した。

ペン型の小型カメラだ。

「簡単だ。キャップの頭にスイッチがある。それを押して、ワイシャツの胸ポケットに挿していればいい。キャップの上にレンズが付いてる。これで〈リップマン〉の顔を間近から収めてくれ」

「分かりました」

秋本はぐっと何かを呑みこむようにして、神妙に返事をした。

「それだけでいい」

あえて強くは念を押さなかった。あとは彼の気持ちに任せるだけだと思った。

夕方をすぎると、〈ネッテレ〉に向かう予定の巻島より先に、秋本の携帯に若宮からの連絡が入った。

「申し訳ありません。高津の帳場の件で呼ばれましたので、ちょっと行ってきたいと思います」

秋本が硬い口調で言い、席を立つ。

「そうか。ご苦労さん」

巻島は何気なく応じた。

七時に近づき、巻島も上着を手に取った。

「じゃあ、行ってくる」

「行ってらっしゃい」

本田らの見送りの声を受け、巻島は帳場を出た。

36

「おい絵里子、俺の黒のジーパン知らね？」

絵里子の部屋の片隅に脱ぎ散らかしてあった服の中にそれが見当たらず、渉は絵里子に訊いた。

絵里子は何か答えたが、歯ブラシを口にくわえているので、何を言っているのか分からない。

「え？」

「……洗ってるって」

今まで聞こえていなかったかのように、洗濯機が回っている音が渉の耳に入ってきた。

「馬鹿野郎、あれ、穿いてくんだよ」

「知らないわよ。くさいんだから、洗うに決まってんじゃん。何でこんな暑いのにデニム穿いてくの?」

「馬鹿、あれはお前、幸運のジーパンなんだよ」

もう夕方に近く、絵里子も店に出るための準備で気が立っているらしいが、渉も今夜はまた、裏金の取引に向かわなければならず、支度をしようとした矢先だった。

「何が幸運よ。その割には勝って帰ってくることないじゃない」

淡野からは地味な服装で来るように言われている。普段穿いているアロハ柄のハーフパンツなどで行けば、やる気がないと思われるのがオチだ。

「まずいな」

絵里子と言い合っている場合ではなかった。自分のアパートに立ち寄って、適当なのを引っ張り出してくるしかない。

「行ってくる」

不機嫌な絵里子との言い合いもそこそこに、渉は彼女のマンションを出た。

車はマンション前の空きスペースに勝手に停めているが、昨日、管理会社からちゃんとした月極の駐車場を借りるようクレームが入った。

とはいえ、マンション敷地内の駐車場に空きはなく、また、いつまで絵里子のマンションにいることになるのか自分でも分からないので、まだ何も手を打っていない。そんなこともいちいち絵里子との日々の喧嘩の火種になっている。

とにもかくにも、今日の取引を経ないことには、渉も今後の自分の人生がどうなるか、見通しが立たないのだ。

車で藤沢にある自分のアパートに向かう。アパートに着き、前の駐車場に停めたところで、周囲を慎重にうかがった。

渉の部屋は一階にある。ドアの前には、見たところ、誰もいない。

ただ、先週の金曜以来、渉は二度ほど服や荷物を取りにここへ戻ってきたのだが、そのたびごとに、煙草の吸い殻がまるでマーキング代わりであるかのように、何本もドアの前に投げ捨てられていたのだった。

寺尾の仕業に違いない。

裏カジノが摘発される前は何だかんだと言い訳しながらかわしていたが、今となってはもはや、こちらに金を返す気などないのは、ばれてしまっている。その上、向こうは、渉が警察にタレこんだと見ている節があり、実際、真実もほとんどそれに近いわけで、顔を合わせるのは何としても避けなければならない。

何週間か部屋を空けておけば、向こうもさすがにあきらめるだろうが……。

しかし、あいつもしつこいからな……。

そんなことを考えながら車を降り、自分の部屋のドアに向かう。

今日はドアの前に煙草の吸い殻は落ちていなかった。

意外と今回はあきらめが早かったか。

カジノの上の連中は捕まったままのはずであり、そういう状況では付きまとう執念も続かないということかもしれない。

渉は少しほっとした思いで、自分の部屋の玄関ドアを解錠した。

そしてドアを開け、中に入ろうとしたとき……。

不意に後ろから襟首をつかまれ、同時に、尻のあたりに衝撃を受けた。まったく気配に気づいておらず、渉は弾みでドアの角に顔をぶつけた。

「痛っ……」

振り向くと、寺尾が殺気走った目をして立っていた。

やばい。張られていた。

渉はとにかく部屋に入って振り切ろうと、あと二、三発は蹴られるのを覚悟して、彼に背中を向けた。

しかし、襟首をつかんだ寺尾の手が離れない。

「待てよ、こら!」

Tシャツが破れ、その拍子に身体は何とか玄関の中に入ったが、今度はドアをつかまれ、引っ張っても閉められなくなった。

強引に閉めようとしてドアノブから手が滑り、渉はもんどりうつようにして部屋の廊下に倒れこんだ。

寺尾がドアを開け、中に入ってきた。

「来んな！　来んな！」

渉は足をばたつかせて、寺尾が近づかないように牽制する。

「舐めんなよ、こら！」寺尾は渉を見下ろしながら、その足を蹴る。「もう金がどうこうじゃねえぞ。サツに売りやがって、てめえ、命が惜しくねえらしいな」

「知らねえよ！　知らねえよ！」

「ごまかしても無駄なんだよ。ケツ持ちにガラ取ってこいって言われてんだ。言いたいことがあったら、あとで言えぇ！」

寺尾は手錠を手にしていた。

拉致られたら終わりだ……渉は身体を起こし、窓から逃げ出すしかないと、奥の部屋に向かって走ろうとした。

寺尾がそこに追いすがる。背中を突き飛ばされて、渉は転がった。寺尾が馬乗りになって殴りかかってくる。渉は身をよじらせて逃げ、寺尾がバランスを崩した隙にまた立ち上がった。

今度は玄関に向かって逃げる。

「逃がすか、こら！」

寺尾がそれを追ってくる。渉は玄関の傘立てに挿してあった金属バットを抜いた。十代のやんちゃ盛りのとき、喧嘩や護身用の武器として買ったものだ。

とにかく、捕まったら終わりだ。渉はもはや全身が防御本能に支配されていると言ってよかった。振り向きざまにバットを振り、威嚇して寺尾の動きを制しようとした。

ところが寺尾は渉が思っていた以上に、背後まで迫っていた。力任せに振ったバットが勢いよく彼の側頭部に入った。瞬時に彼の身体から力が失われたのが分かった。

寺尾は横倒しの状態で床に倒れこみ、そのまま動かなくなってしまった。

渉は荒い息を吐きながら、呆然と立ち尽くす。

嘘だろ……動かない寺尾を凝視する。

当てるつもりなら、もう少し加減した。

まさか死んだわけじゃないよな。

頭には疑いの気持ちしかないが、しかし、寺尾はピクリともしない。耳から血が流れている。

死んだのか……？

脈を取ろうかと思ったが、つかんだ彼の腕はだらんとして何の力も入っておらず、渉は気持ちが悪くなって手を離した。

気がつくと、バットを持って外に出ていた。いったん落ち着こうと思い、車に乗る。そうすると、寺尾の様子を確かめに部屋に戻ることなど、怖くてできなくなっていた。

両隣や上の階の住人は不在なのか、あれだけの物音でも様子を見に出てくる気配はない。

それはいいが、これからどうする？

渉は少し逡巡してから、車のエンジンをかけた。着替えが欲しいが、戻れない。

時間がない。行かなければ。

渉は今が何時かも確認しないまま、取引の時間が迫っているという事実を言い訳のように強く意識し、とにかく車を発進させた。

37

淡野が居間の窓辺であぐらをかいて夕食が調うのを待っていると、いつもより少し遅く、涉のジュークが由香里の家のガレージに入った。

やがて運転席から出て庭に回りこんできた涉の姿を見て、淡野は眉をひそめた。涉は慌てるようにアロハシャツを羽織りながら近づいてきた。中に着ているTシャツの襟もとがひどく伸びている。下もアロハ柄のハーフパンツだ。

「すいません」涉は淡野の前に来るなり、何やら頭を下げ、「兄貴の服、貸してもらえませんか?」と頼みこんできた。

「どうした?」

「あ、ちょうどよかった」居間を覗きに来た由香里が声をかけてきた。「ご飯できたよ」

「ありがとうございます」涉は言い、淡野には、「あとで話します」と小さく言った。

豚の冷しゃぶをおかずにした食卓を囲んでいる間、いつもは取りとめのない話で賑わせる涉が妙におとなしかった。表情が冴えず、いつも通りに振る舞うよう淡野が視線で指摘しても、それに気づく様子さえない。

「涉くん、リコちゃんと取っ組み合いの喧嘩でもしたの?」由香里がくすくす笑いながら問いかけた。

「えっ?」

「Tシャツの襟もとが伸びちゃってるから」

「いや、ええ」渉はTシャツの首回りを隠すように、アロハシャツのボタンをかける。「喧嘩なんてしょっちゅうですよ」

「渉くんは手を上げちゃ駄目よ」

「俺は何もしませんよ。やられ役です」

渉が返した言葉に由香里はおかしそうに笑ったが、言った本人は相変わらずにこりともしない。

「渉くん、雰囲気もどこか淡野くんに似てきたね」

由香里はそんな言い方で普段と違う渉を表現した。

夕食後、淡野はタブレットなどが入ったバッグとともに黒のTシャツを一枚手にして家を出た。

「ほら」

車に乗りこみ、運転席の渉に渡す。

「すいません」

渉は早速、アロハシャツとTシャツを脱ぎ、淡野のTシャツに袖を通した。渉のTシャツは後ろが破れてしまっていた。

「ズボンもできたら」渉が後ろを向いて言う。

「今日は運転だけでいい。兼松くんも用事があって呼べなかった」

受け渡しには自分が出向く……夕食をとりながら淡野はそう決めていた。

「いえ、運転も受け取りもやりますよ」

渉が慌てるように言ったが、淡野は聞かなかった。

「駄目だ。その様子じゃとてもじゃないが務まらない。いつもと違いすぎる」

渉もその自覚はあるのか、それ以上食い下がるような真似はせず、「すいません」とおとなしくなった。

「出せ」

淡野の言葉に応じ、渉が車を発車させる。

渉はしばらく言いにくそうに黙っていたが、赤信号で車が停まったところで口を開いた。

「何があった？」

「来る前、着替えのズボンを取りに自分ちに戻ったんですけど、例の寺尾に張られてて……」

寺尾と一悶着あったというのが、破れたTシャツの真相らしい。しかし、渉の様子からすると、それだけでもないようだと思った。

少し置いて、彼は言葉を続けた。

「あいつ、死んだかもしれません」

「青だ」

淡野に言われ、渉は車を動かす。

「確認してこなかったのか？」

「怖くなって……」

渉はぽつりぽつりとそのときの状況を語った。渉の様子がいつもと違うのも無理はないと分かった。できれば運転役さえ誰かに代わらせたいと思えるほどだった。

「まあ、しょうがない」淡野はそう言うしかなかった。「正当防衛みたいなもんだ」

ただそれで渉の気分が晴れるはずもなく、彼は大きなため息をついた。

「死体の処理なら頼めるやつがいる。一日二日、家を空けて戻ってみれば、何もなかったようになってる」

「本当っすか？」

渉はかすかな光明を見たように、すがるような声を上げた。

〔ワイズマン〕が犯罪の世界で果実を得ていく過程においては、淡野のような企画・実行部門の人間や〔ポリスマン〕のような諜報部門の人間のほか、当然のように武闘部門の人間も育てていた。切れ味鋭い思考力を武器にしていた〔ワイズマン〕だが、一方では暴力の有効性も認めていた。障害となる人間の排除やグループ内の裏切りなどに対しては、暴力で対処するのがもっとも効率的だという割り切った考えがあった。

〔ワイズマン〕のグループでそれを一手に引き受けているのが、今は八手《やつで》と呼ばれている男だ。端的に言えばヒットマンであり、殺し屋である。普段から身体を鍛え、地下格闘技の試合にも好んで出ている。〔ワイズマン〕に命令されれば、あらゆる手を使って対象の人物を葬り去る。

振り込めの社本の店舗でのトラブルで向坂篤志を始末したときも、最終的には〔ワイズマン〕がそれを決めたため、実行したのは八手だった。淡野はただの見届け役だったが、約束の時間に現場に行くと、すでに向坂は八手によって殺されていた。あまりの呆気なさに淡野も思わず憐れみを覚え、向坂のシャツに「R. I. P.」とペンで記してやった。実際、それくらいしかやることがなかった。

もちろん、頼めば遺体の処分も彼がこなす。ただ、彼も〔ポリスマン〕と同様、〔ワイズマン〕の案件でなければ基本的には動かない。寺尾の件は〔ワイズマン〕の計画とは無関係だが、メンバーの活動を妨げる恐れがあったという理屈で関係づけることはできるだろう。

「大丈夫だ」淡野は言った。「だから、今はそのことを頭から消しとけ」

「はい」

返事そのものにいつもの力はなかったが、それでも気持ちを入れ替えたように、渉の口からため息が洩れることはなくなった。

淡野たちは大和で車を二度乗り換え、フルエアロのヴォクシーで大黒パーキングエリアに向かった。

大黒パーキングエリアに着くと、渉は車を駐車場の中央付近の空きスペースに停めた。

「偵察だけ、してきます」

彼はそう言って車を降り、噴水があるほうへ歩いていく。そしてすぐに戻ってきた。

「まだ誰もいません」

先週、一度現場を踏んでいるだけに、彼の段取りには無駄がなかった。

時計を見ると、八時五分前だった。

淡野はバッグからタブレットを取り出した。

38

「巻島には気づかれてないな?」

県警本部で若宮と落ち合ったとき、彼は秋本にまずそのことを確かめてきた。

「え、ええ……」

秋本は一瞬答えに詰まり、さらには顔の筋肉が自分ではコントロールできないほど強張っている自覚もあった。若宮はそれを見て、一瞬怪訝な目つきをしたように見えた。ただ、秋本のそうした様子は取引に向けての緊張から来ているものと判断したのか、それ以上、追及するような言葉はなかった。

取引には若宮のほか、藤吉が付いてくることになっていた。藤吉の車で、藤吉が運転する。若宮が後部座席に陣取り、秋本は助手席に収まった。裏金の入ったバッグはトランクに積まれていて、車に乗る前に藤吉がトランクを開け、バッグを確認していた。

秋本の意識としては、二人に連行されているも同然であった。上司の二人が心理的に秋本を挟むようにして現場に連れていくのは、決して裏切るなという思いの表れでもある。秋本はそれをひしひしと感じ取っている。

しかし現実には、自分はすでにこの二人を裏切っているのだった。

秋本は上着の胸ポケットに挿したペン型のカメラに手を触れる。ワイシャツの胸ポケットではペンが変に目立ってしまう気がして、猛暑の中にもかかわらず、わざわざ上着に袖を通してきた。

取引現場に立つ前にペンの頭にあるスイッチを押し、取引に臨む。秋本がやることはそれだけだ。子どものお使いより簡単だ。

ただ心理的には、四方から押しつぶされ、あるいは引き裂かれ、もみくちゃにされている中でそれをやるような感覚がある。

巻島から役目を言い渡されたときは、いやでも覚悟が決まり、どこか開き直った気持ちさえ湧いた。裏金問題はじきに白日の下にさらされ、自分は県警を追われることになるかもしれない。しかし一方で、〔リップマン〕の捜査は大きく進展する。これをきっかけに逮捕へとつながる可能性も高くなる。道としてはそれが絶対的に正しいのだ。理屈では自分を納得させることができる。

だが、山手署の捜査本部を出て、こうして捜査一課長と理事官に囲まれると、とたんに気持ちが落ち着かなくなるのだった。自分の行動が捜査一課という大きな組織を崩壊させ、現幹部たちの身を軒並み破滅させるのだという恐ろしさが秋本を強烈に揺さぶり始めていた。

この走行中の車のドアを開け、飛び降りたほうが楽なのではないかとさえ思う。秋本は浅い呼吸をしながら目を閉じ、必死に自分を保とうとした。

道中、三人の間で会話はなかった。車の速度が落ちて目を開けると、大黒パーキングエリアに着いていた。

空いている駐車スペースに藤吉が車を入れる。

八時を少し回っていた。

車が停まったところで、後部座席の若宮が呼んだ。

「秋本」

「はい」

秋本が振り向くと、若宮はシートに背中を預けたまま、しばらく秋本を見つめるだけだったが、やがて身体を前に寄せ、秋本に顔を近づけてきた。

「巻島にばれたか？」

一瞬、巻島がひそかにこの場に捜査員を張らせていて、若宮はそれを見つけたのかと思ったが、そうではないようだった。

若宮は秋本の顔だけを見ている。外の明かりがうっすらと届いているだけの暗い車内に、眼鏡の奥にある若宮の瞳が怪しく光っている。

やはり、県警本部で落ち合ったときのやり取りが、若宮の中で引っかかっていたのだ。

「ん？」

どうだというように、彼は声音で水を向けてくる。彼の瞳の鈍い光が秋本を捉えて放さない。

「はい」

秋本は彼の疑いに抗し切れず、思わずうなずいていた。もはや、自分の立ち位置というものを完全に見失い、よろめくほうへ何とか足を踏み出しているような格好だった。

「馬鹿野郎！」横から藤吉が怒鳴る。

「すみません」

「何て言ってた？」若宮が訊く。「ここに誰か張ってるのか？」

「いえ……」秋本はためらいながらも、胸ポケットのペン型カメラに触れていた。「このペン型のカメラで〔リップマン〕を撮ってこいと」

若宮と藤吉が顔を見合わせる。若宮は何も言わず、スマホを取り出した。〔ネッテレ〕のアプリを起動させたらしい。しばらくして、巻島の番組の音声が秋本の耳にも届いた。

「巻島は出てるな」

巻島が何も気づいていないかのように番組に出演することは、秋本も知っている。

「本当に張りこんでないんだろうな？」藤吉が怒気を含んだ声で訊く。

「間違いありません」秋本は言う。「誰が〔ポリスマン〕か分からないんで、現場の人間は動かせませんし、巻島捜査官自身、問題が大きすぎて、どう対処すればいいか迷った面もあったと思います」

「どうします？」藤吉が若宮に判断を仰いだ。

若宮はしばらくじっと考えこんでいたが、やがて口を開いた。

「今日、取引を中止にしたら、次こそ巻島は現場に網をかけるかもしれない。だから、取引は何としても決行する。何、簡単だ……」

若宮は言い、手をぬっと伸ばして、秋本の胸ポケットからペン型のカメラを抜き取った。

「これは預かっておく。それだけだ。なかったことにする。巻島は取引のことを知っていて、何もしなかった。黙認した。我々と一緒に、隠蔽に加担した……そういう形に持っていって、俺たちと一蓮托生にしてやる。大丈夫だ。すべてが終わったあと、俺があいつとかけ合って、そう引きずりこんでやるから心配することはない。とにかく秋本、お前は何も考えず、〈リップマン〉に金を渡してくればいいんだ」

念を押すような目で若宮に見つめられ、秋本はこくりとうなずいた。

「秋本……自分を守れ。お前の家族を守れ」

若宮は秋本の肩をたたいて言った。

「はい」

秋本の返事に満足したらしく、若宮は夜光針がうっすらと光る腕時計を見た。

「そろそろ時間だ」

八時十分を回っている。

藤吉が車を降りて、トランクから金が入ったトートバッグを持ってきた。

「くれぐれも胸に抱えるなよ。手に提げてろ」

「噴水はあっち、コンビニのほうだ」

子どもの使いのような指示を受け、秋本は車を降りる。

身代金などの授受の現場捜査に携わったことはあるが、受け渡し役を務めるのは初めてだった。

捜査とは質の違う緊張感があった。気をしっかり持っていないと、自分がどこにいるのかも分からなくなりそうだ。

これが当事者というものか。

秋本は何かに操られるようなふわふわとした足取りで、噴水があるほうに向かった。

39

番組が始まって三分ほどが経った頃、〈リップマン〉の専用アバターが画面に出現した。

「さあ、現れましたね」

竹添舞子は番組開始前、プロデューサーの倉重と、「魔の金曜日にならなきゃいいですけど」と、待ちぼうけを食らった先週の二の舞を不安視するやり取りを交わしていた。それだけに、〔リップマン〕が問題なく現れ、ほっとする気持ちがあっただろう。

巻島はすでに、この〔リップマン〕の番組参加も、同時間の取引をカモフラージュするものだと知っている。

「〔リップマン〕……取引のほうは、もう終わったとは言わないだろうな？」

巻島は素知らぬ振りで、カメラに問いかける。

〔まだだ〕〔仕切り直すにもそれなりに時間がいる〕

〔リップマン〕からも空とぼけたコメントが返ってくる。いつもより返事がゆっくりしているのは、取引が近づいている表れか。

「火曜日のやりとりから考えたんだが、前回の取引中止は、やはり我々警察の影を感じてのことだったと思ってる。それがお前の単なる勘違いだったのか、実際、我々がそこまで迫っているのかは、とりあえず置いておくことにして、次の取引もそこをクリアしないことには成立しないわけだが、何か考えていることはあるのか？」

「巻島さんも捜査本部に寄せられた企業恐喝などの情報をもとにした捜査がどこまで進んでいるかということは、この番組でもほとんど公表していませんね」

「白黒判別つけるには時間がかかりますし、〔リップマン〕と無関係だと分かれば、ここであえて報告する必要はないですからね」

「中には〔リップマン〕と関係がありそうな案件もあると……？」

「調べを続けているものはもちろんあります。どこまで疑わしいかは、微妙な問題なので、言及は控えますが」

そんなふうに竹添舞子とのやり取りで時間をつないでいると、〔リップマン〕からのコメントが送られてきた。やはり、いつもより時間がかかっているようだった。

〔ポリスマンからは、巻島が情報をつかんだという話は聞いていない〕

「〔ポリスマン〕が誰かは知らないが、そいつが捜査情報のすべてを把握できる立場にいるとは思えないな。仮定の話だが……」巻島は言う。「もし、俺の耳に次の取引の情報が入っているとしたら、俺は捜査本部の捜査員すべては動かさない。こいつは〔ポリスマン〕ではないと確信できる数人だけを動かす」

〔前にも言ったはずだ〕〔裏切者はポリスマンのほかにもいる〕

秋本のことを言っていると、今なら分かる。しかし、巻島はそれをおくびにも出さず、あえて怪訝な表情を作っておいた。

「〔リップマン〕はこう言ってますが……？」竹添舞子が水を向ける。

「そんなに何人も〔リップマン〕のシンパが中にいたら、捜査が成り立ちませんよ」

巻島は話をはぐらかすように、軽い口調で答える。ただ、頭の中ではやはり秋本のことを考えている。彼が裏切るのかどうかは分からない。巻島はこの捜査の指揮官としての指示は下した。しかし、現場に臨む秋本には、当事者としてどう振る舞うかという余地を残している。巻島も、あえてそこまでは詰めなかった。甘いかもしれないが、そこは秋本に託した。

「それからもう一つ」巻島は話を変える。「俺はまだ、お前はいずれこの番組配信時間に取引をぶつけてくると思ってる。どちらにしても、今度お前がまた番組に参加してこなかったときは、それを疑わざるをえないわけだ。本当のところはどうか、それくらいは宣言してもいいんじゃないか？」

〔リップマン〕のアバター登場から十分ほどが経ち、時刻は八時十三分を指していた。巻島は相変わらず、彼らの取引が目前に迫っていることなど何も知らないふうを装って、カメラの前に座っている。

〔リップマン〕からのコメントはなかなか返ってこなかった。

現場に出ていったか。

八時十五分。

〔リップマン〕の専用アバターが震え、吹き出しを出現させた。

［取引など、番組に参加しながらでもできる］

今、まさにそうしているとでも言いたげなコメントだった。

40

〈本当のところはどうか、それくらいは宣言してもいいんじゃないか？〉

巻島の呼びかけを聞きながら、淡野はニヤリとする。今まさに取引が行われようとは、さすがの彼も思ってはいないのだろう。

実は今から取引する……そう宣言してやってもよかったが、すべてが終わるまで油断は禁物だった。

［取引など、番組に参加しながらでもできる］

そう打ちこみ、送信しようとして手を止める。

もう現場に向かうべき時間になっていた。

「十五分になったら、これを送信してくれ」

そう言って、タブレットを運転席の渉に預けた。ささやかとはいえ仕事を任され、渉は「はい」と気張った声を出した。

「行ってくる」

「サングラス、いいんすか?」

「これでいい」

淡野はこの大黒パーキングエリアを視察したときなどに使っていたサングラスでなく、〔ミナト堂〕の水岡社長を誘拐したときに使っていた眼鏡をかけている。

先方の受け渡し役である秋本は、眼鏡姿の淡野の写真をよく見ているはずだ。彼は若宮の使いであり、現場での行動はどうしても慎重になるだろう。そんな彼に違和感を起こさせず、スムーズに金を渡してもらうためには、見知っている眼鏡姿のほうがいいというのが淡野の考えだった。

もちろん、その裏には、巻島の捜査がこの現場に及んでいないという確信がある。

「祈ってます」

渉の声を背中に受けて、淡野は車を降りる。

歩きながら、手持ちのスマホの〔ネッテレ〕のアプリを起動する。画面の中の巻島は、竹添舞子と話しながら、〔リップマン〕からのコメントを待っている様子だ。

駐車場を抜けていくと、噴水のそばに黒のトートバッグを手に提げているスーツ姿の男が立っているのが見えた。淡野は〔ポリスマン〕から写真を見せてもらい、裏金の保管グループのメンバーの顔は把握している。秋本に違いなかった。

さっと周囲に視線を走らせるが、張りこんでいるような人影はない。若宮ら彼の仲間と思える人間も今回は近くにいないようだった。

車の徐行路を渡り、噴水前の広場に足を踏み入れる。秋本も淡野に気づき、視線を留めた。硬い表情をしていて、緊張感が伝わってくる。淡野は微笑でもってそれに応えた。

「ご苦労さん」淡野は鷹揚に呼びかけた。

「〔リップマン〕……」秋本がぼそりと呟くように言う。

「そうだ」淡野は言い、彼の手もとに視線を落とした。「その荷物をもらおう」

秋本はゆっくりとトートバッグを差し出した。

「こんな馬鹿げた真似はこれっきりにしろ」

「ご心配なく」淡野は言う。「これが最後のシノギだというのは本当だ」

淡野の返事を聞いたところで、秋本がバッグから手を離した。

五千万の札束の重みが淡野の手にかかった。

念のため、トートバッグの口から中を確認する。風呂敷包みを指でずらすと、札束が覗いた。

「確かに受け取った」

淡野の言葉に対し、秋本は「ちょっと待て」と淡野が帰るのを制するように言い、上着の内ポケットから携帯を出した。

「秋本です」

誰かから電話があったのか、秋本は携帯を耳に当てて横を向き、話を始めた。

「今、渡しました……ええ、本人に違いありません」

相手は若宮だろうか……淡野はそう読みつつも、何か不測の動きがないか周囲に注意を向け、手持ちのスマホの画面もチェックする。ちょうど〔リップマン〕のアバターが、「取引など、番組に参加しながらでもできる」というコメントを出しているところだった。

「分かりました」

秋本は電話を終えて携帯をポケットに仕舞い、再び淡野のほうに向いた。

「若宮か?」

「ああ」秋本はうなずいた。「これですべて終わりだと、念を押しとけと……」

彼の声は震え気味に上ずっていた。若宮のメッセージ自体、必要性は薄い。淡野は秋本を受け渡し役にすることで彼の裏切りの芽を摘むことにしたが、若宮もまた、取引時間に電話を使ってまでして、秋本に妙な裏切りの気持ちを抱かせないよう、心理的な縛りをかけてきているのだ。秋本もそれが分かっていて、そうしたがんじがらめのやり切れなさが声の震えに出ているように思われた。

「心配しなくていい」淡野は言う。「若宮によろしく伝えてくれ」

秋本が唇を結び、こくりとうなずく。

「協力に感謝する」

淡野はそう言い置いて、彼に背中を向けた。足早に渉が待つヴォクシーへと戻る。後部座席のスライドドアを開けると、渉が弾かれたように振り返った。

淡野がバッグを掲げてみせると、彼は「おおっ」と歓声を上げた。「やりましたね！」

淡野がスライドドアを閉めたのを見計らって、渉が車を発進させる。

「巻島、『番組に参加しながらでもできるってことは、番組中に取引するっていう宣言だな？』と確認の問いかけをしてきましたよ」

「『勝手にそう取ればいい』と返しとけ」

淡野はトートバッグの中の風呂敷包みの結び目を緩めながら言う。

「いやいや、もう運転してますから、兄貴、お願いしますよ」

そう言って渉は、タブレットを後ろ手に寄越した。

淡野はそれを受け取り、シートに無造作に置いた。巻島の相手などしていられる心境ではない。柄にもなく興奮しているのが自分でも分かった。

包みをほどき、中に札束がぎっしり詰まっていることを確かめる。念のため、GPSの発信器などがくっついていないか、バッグの底や裏側などをチェックする。

何も問題はなかった。

よし。

シートの背もたれに身体を預け、大きく息をつく。

束の間、心地いい満足感に浸ることを、淡野は自分に許した。

41

［取引など、番組に参加しながらでもできる］

［リップマン］の大胆不敵な実行宣言とも取れるコメントに対し、巻島は表面上、平静を装っている。

「番組に参加しながらでもできるということは、実際にそうするつもりだという宣言だと受け取ってもいいのか？」

今さらそんなことを確かめても始まらないが、巻島は間抜けな捜査官を演じ続ける。

［リップマン］が答えるまでには、やはり間があった。

［リップマン、飽きてきてんじゃね？］［巻島、もっと鋭い質問しろ］［打つ手なしか］

一般ユーザーのアバターが巻島たちの間延びしたようなやり取りにしびれを切らしたらしく、好き勝手にコメントを発していく。それらを受け流し、竹添舞子と時間をつないでいると、ようやく〔リップマン〕からのコメントが届いた。

「『勝手にそう取ればいい』と……ずいぶん、あっさりした返答が来ましたね」

竹添舞子がコメントを読み上げ、苦笑してみせる。

取引はどうなった……巻島は大黒パーキングエリアにいるであろう〔リップマン〕と秋本を想像する。実際には現場で落ち合い、金を受け渡すだけだ。コメントを返すちょっとした合間にそれが済まされていてもおかしくはない。

「〔リップマン〕、コメントが素っ気ないのは、取引が近くなって、それだけ慎重になっているることの裏返しだろうな。しかし、視聴者はそういうお前を物足りなく感じているし、新しいネタがないことに飽きてきている。お前が現時点で我々警察の影を何も感じていないのなら、もう少し視聴者サービスになるようなことを話してみてもいいんじゃないか？」

［そこまでする義理はない］

「そう言うな。みんな、お前のことに興味があって、この番組を観てる。俺も最初は趣味は何かとか、好きな食べ物は何かというような話をした。お前が今、いくつで、どこの出身で、どういう少年時代を送ってきたか、何が好きで何が嫌いか、言える範囲で教えてくれてもいいだろう」

「俺の過去など、誰も知らなくていい」

「少年時代から悪かったのか？　警察に補導されたことはあるのか？」

「昔からシノギはしていたが、捕まったことはない」

「家族は？　独り身なのか？」

「そうだ」

「何をやってるときが楽しい？　気分転換には何をやる？」

「巻島の相手をするのが気分転換だ」

巻島の問いかけに対して、ぽつりぽつりと答えが返ってくる。内容そのものは皮肉っぽさや不遜さがこもったいつもの〔リップマン〕らしいと言えるものだが、取引が済んだのではという先入観がそう思わせるのか、どこか気もそぞろな印象を受ける。言いたいことがあればコメントを連投してくることも少なくないが、にわかにそれがなくなった。

散発的なやり取りが続いて、番組の残り時間も三分ほどになった。今日のペースで行けば、質問もあと一つというところだった。

「〔リップマン〕、最後に言っておくことはないか？　取引は来週あるのかどうか、いっそのこと明言したらどうだ」

そう問いかけて、〔リップマン〕の答えを待つ。

「取引が近いとすると、来週はいよいよ捜査の山場になりそうですね」

竹添舞子が停滞感のあるムードに、無理に緊迫感を持ちこむようにして言った。

巻島はそれに、適当に相槌を打つ。

〔巻島、ならば報告しよう〕

〔リップマン〕の返答が届いた。連投だ。コメントの吹き出しが消えたのちも、またアバターが次のコメントを出さんとして震えている。

〔この番組中に取引は無事完了した〕

「え？」

唖然としたような声が竹添舞子の口から洩れた。

〔我々は現金5000万円を確かに受け取った〕

「ま、巻島さん、これはどう捉えたらいいんでしょうか？」

巻島はモニターを凝視したまま答えない。

〔いきなりの勝利宣言きたー！！！〕〔巻島、呆然！〕〔今日だったのか！〕〔コメント遅くて怪しかった〕〔リップマン、完勝！〕

視聴者のアバターたちが興奮したように一斉に揺れ始め、コメントを次々に発していく。

〔巻島、協力に感謝する〕

取引については事前に把握していた分、驚きこそなかったが、それでも〔リップマン〕の勝利宣言に接すると、身体がかっと熱くなるのを止めることができなかった。

秋本は〔リップマン〕の素顔をカメラに収めることができただろうか。巻島には残念ながら確信が持てない。心を鬼にしたつもりだったが、徹し切れなかった感覚がある。もっと秋本が逃げられないように詰めておけばよかったと、今さらながら思った。

やはり、自分のヤマの犯人は、何としてでもこの手で捕まえなければ気が済まないのだ。

番組が終わり、〔ネッテレ〕から戻ってくると、捜査本部全体が浮足立っていた。番組の最後の最後で〔リップマン〕が取引の成功を報告してきたのだから無理もない。

番組は倉重プロデューサーの判断で十分延長したが、〔リップマン〕が乗ってこなかった。彼は〔協力に感謝する〕という皮肉の利いたコメントを最後にアバターを消し、番組が延長されても巻島の呼びかけには応じなくなった。

今、捜査本部にもたらされている市民の声は、見当違いの情報か〔リップマン〕にまんまと出し抜かれた警察への苦情だろう。捜査員たちはそれらをさばきながら、何をしたらいいかも分からず、ただ、その口から何かが聞けるはずだと、戻ってきた巻島のことを目で追っている。

巻島は何も言わず、指令席に着いた。

「山口課長から電話がありました」

本田はねぎらいの言葉の代わりに、そんな報告を寄越した。

今後の対応を話し合うために今からこちらに来ると言い出しかねない。巻島は山口真帆に電話した。

〈とうとうやられちゃいましたね〉彼女は困惑を隠せない口調でそうこぼした。〈あれはその通り受け取るしかなさそうですよね〉

「そうですね」巻島は言う。「仕方ありません」

〈本部長が、今すぐにでも報告に来いとおっしゃってますが〉彼女は言い、閉口気味に付け足した。〈まあ、怒られに行くだけになりそうですけど〉

「やることがありますので、明日にしてもらってください。行く前に少し打ち合わせをしましょう」

〈分かりました。じゃあ、その方向で〉

一日空けば曾根の頭も少し冷えると思ったのか、彼女は巻島の意見を素直に聞き入れ、それで電話は終わった。

「秋本が帰ってきたら、隣に呼んでくれ」

巻島は本田にそう言い置き、隣の打ち合わせ室に移った。

それから十五分ほどして、打ち合わせ室のドアがノックされた。秋本が、本田に付き添われるようにして入ってきた。

秋本の顔はこのところの青白さから変わり、紅潮しているように見えた。一見して、巻島が言い渡した任務を確かにこなしてきたような興奮がそこには見て取れた。

「どうだった?」

向かいのソファに秋本が腰かけたところで、巻島は早速訊いた。

「ペン型のカメラは……申し訳ありません。課長に見つかって、取り上げられました」

秋本は片頰をかすかにゆがめて、そんな報告を口にした。

「……そうか」

「見つかって」とは言うが、実際には秋本がそう打ち明けたのだろう。彼がそれを選んだのだ。失望は当然あったが、巻島は努めてそれを表に出さないようにした。巻島自身、秋本を追い詰め切れない甘さがあった。

「仕方がないな」

巻島は鼻から一つ息を抜いて言う。本田は悔しそうに唇を嚙んでいた。

「ですが」

秋本は何やら思い詰めたような目つきで話を続けた。彼は自分の携帯を巻島の前に置いた。

「これで撮ってきました」

「本当か？」本田が驚いたように身を乗り出した。

「はい」秋本は言う。「〔リップマン〕の前で電話がかかってきたふりをして、この携帯のカメラレンズを彼に向ける形で耳に当てて撮りました」

「見せてくれ」巻島も身を乗り出した。

秋本が携帯を操作し、撮影した映像を再生する。

しばらく真っ暗でしかない映像が、やがて光を捉え、気持ち悪く揺れるタイルの地面を映した。そしてすぐに、一人の男を至近に捉え始めた。周りに明かりが多いのだろう、相手の顔ははっきり映っている。「今、渡しました」「本人に間違いありません」などと、秋本が小芝居をしている声が入っている。カメラは動いているが、全体を通して相手の顔はしっかり捉えられている。

巻島がいくつかの防犯カメラの画像で見てきた顔より、いくぶん浅黒く見えるが、〔リップマン〕に間違いなかった。至近距離で捉えられている分、今までの画像とは鮮明さにおいて格段に違う。

「よくやった」

巻島の言葉に、秋本は小さく首を振って応えた。この帳場の捜査幹部として当然のことをしたまでだという思いがそこにはこもっている。いろいろ葛藤はあっただろうが、最終的に彼は、自分の役目をまっとうすることを選んだのだ。

本田がねぎらうように、秋本の肩をたたいた。その目にはうっすらと涙がにじんでいる。

この映像を使えば、秋本はその身を捨てなければならない。しかし、使っていいかどうか訊くことは、もはや野暮だと言えた。秋本はすべてを覚悟して、こうしたのだ。

「秋本……助かった」

巻島が言うと、秋本は感極まったように頬をゆがめ、唇をぎゅっと結びながら顔を伏せた。

42

土曜日、午前中に越村を通して〔ワイズマン〕とのアポイントを取った淡野は、午後になると元町の越村の事務所に渉を待たせ、一人でみなとみらいの〔ＡＪＩＲＯ〕の本社に向かった。

帽子にサングラスという格好で一応の変装はしたが、元町の駅近辺に見当たり捜査を行っているような刑事の姿は見つからなかった。〔ネッテレ〕の番組が続いているうちに、捜査もだいぶ形を変えてきているようだった。

〔ＡＪＩＲＯ〕の本社に着いたところで帽子とサングラスを取った。顔パスでセキュリティーゲートを抜け、社長室のある最上階へと上がった。

いつものように無人の通路を進み、一番奥のドアを小さくノックする。ドアを開けると、〔ワイズマン〕は部屋の中央に立って、淡野を待ち構えていた。

「悟志、やったな」

〔ワイズマン〕はもう笑っていた。淡野が持っている黒のトートバッグに目を落とし、「おう、おう」と声を上げながら、大げさに手を広げ、歓迎してみせた。

「おかげさまで」

淡野は言いながら、彼に五千万円が入ったバッグを手渡した。

「いい重みだ」

〔ワイズマン〕は感に堪えないような口調で言い、「座れ」と淡野をソファに促した。バッグをローテーブルに置き、〔ワイズマン〕自らがコーヒーサーバーから淡野のコーヒーをいれてくれた。最上級のもてなしと言ってよかった。

「それにしても、警察からこんな大金を強請り取った悪党は俺たちくらいのもんだろうな」

〔ワイズマン〕が淡野の向かいに座り、足を組んで愉快そうに言う。

「まったく、前代未聞のシノギでしたね」淡野も言う。「オーナーの発想にはいつも驚かされます」

「俺はアイデアを授けただけだ。悟志だから、ものにできた」

「ありがとうございます」

淡野は最上の愉悦感に浸りながら、彼の称賛を受けた。

「門馬も誰のおかげで選挙に勝てたかはよく分かってる。前にもまして、あれこれ俺に声をかけてくるようになった。徳永さんのほうの軍資金もこれで目処がついたし、IRの誘致もいよいよ本格的に進むだろう」

そう語る〔ワイズマン〕の目は野心を帯びてぎらりと光っている。そうかと思うと、そのぎらつきを消し、慈しむように淡野を見つめてきた。

「休みたいというところを無理させたな。俺もお前には頼りすぎた。何、もう大丈夫だ。これだけの土台ができてるんだ。俺は勝負できる。悟志は安心して見ててくれればいい」

〔ワイズマン〕が誇る自信の言葉には、淡野の働きを捨てがたく思っている気持ちが裏腹にこめられている。淡野はそれにも満足した。

「オーナーには、ずっとずっと雲の上のような存在でいてもらいたいと思っています」

「俺は悟志にとっては、ただの兄貴……それだけの存在だ」

〔ワイズマン〕はそう言いながらも、まんざらではない顔をしている。

「一つ、話しておきます」淡野はそう前置きして話を変えた。「八手を使いました。取引当日に運転手の渡辺がちょっとトラブりまして、放っておくと取引に支障が出かねないところでしたので」

「悟志の弟分だな」〔ワイズマン〕は以前、淡野が話した渡辺こと渉について、そう口にした。「越村が、顔つきも悟志に似ていて、本物の兄弟のようだと言ってた」

淡野は返事のしようもなく、軽く肩をすくめた。

「それを利用して何か捨て駒にでも使うのかと思ってたが、ちゃんと可愛がってるようだな」

「妙に懐かれましてね。今回の計画でも、なかなかいい働きをしてくれました」

お見知り置きをとばかりに、淡野は渉の貢献度を少し誇張して伝えておいた。

「まあ、悟志がそう判断したなら、仕方がないことだったんだろ」〔ワイズマン〕はトラブルの詳細を訊くこともせず、理解を示してくれた。「妙なケチがついて、そこから警察に尻尾をつかまれるようなことになってもつまらない。八手に任せとけば、そのへんは大丈夫だ」

「ありがとうございます」淡野は理解を得て、礼を言った。

「総選挙が終わって落ち着いたら、ハワイにでも行こう」〔ワイズマン〕は言った。「どれだけサーフィンの腕が上がったか見てやる。渡辺も呼べばいい」

裏の世界の垢を落としてやるという、〔ワイズマン〕なりのはなむけに違いなかった。

「楽しみにしてます」

淡野は喜びを少しだけ表に出して、そう返事をした。

43

土曜日の昼、午後から曾根のもとに向かうつもりで打ち合わせに来た山口真帆を会議室隣の小部屋に招き、巻島は今回の事件の裏側と秋本がつかんできた収穫について、彼女に説明した。

「えーっ⁉」

山口真帆は目を見開き、声を裏返らせて、何度も驚きを口にした。途中からは自分でも管理職らしくないと思ったのか、口を手で覆うようにして話を聞いていたが、それでも多少声が小さくなっただけだった。

「今夜、〔ネッテレ〕で臨時番組を配信してもらいます。内容についてはまだ話していませんが、捜査のことで重要な報告をしたいということで、倉重プロデューサーには了解をもらいました」

巻島の捜査に対する不退転の決意を感じ取ったように、真帆は深々と息をついた。

「若宮さんからは何か話は来てないんですか？」

「私の携帯に何度かかかってきていますが、取ってません」巻島は言う。「向こうの動きをこちらがつかんでいることは知られていますから、いろいろ理屈をつけて丸めこもうと考えてるんでしょう。今は、彼が秋本からペン型のカメラを取り上げたことを私が知って、怒ってると受け取っているはずです」

「そうすると、若宮さんたちは今夜の番組で、自分たちの行いが公にされることを知るわけですね」

「仕方がありません。捜一をことさら貶《おとし》める気はありませんが、県警に裏金問題があって、それをネタに〔リップマン〕が脅してきたという事実は、公表せざるをえません」

「そうですよねえ」話を聞いているうちに、彼女も落ち着きを取り戻し、頭が回り出したようだった。「だったらもう、本部長への報告も番組直前に私のほうからしれっと済ましておくだけのほうがいいかもしれませんね。下手に時間があると、本部長は若宮さんを呼ぶでしょうし、あれこれややこしくなって今夜の番組に変な横やりが入ってこないとも言い切れませんから」

自分にも責任が降りかかってくる恐れのあるキャリア官僚の意見にしてはずいぶん豪胆だが、彼女も肝を据えたらしい。

「では、そうしてください」

山口真帆との打ち合わせを終えると、巻島は捜査支援室の米村を呼び、秋本が撮ってきた映像データを極秘裏に、番組で使えるように編集してファイルにしてほしいと頼んだ。

夕方、巻島はいったん官舎に帰り、少し早い夕食を軽くとった。それから黒のスーツに着替え、髪を整髪料で念入りにとかして捜査本部に戻った。

指令席では米村が待っていた。彼はUSBメモリと、紙袋に入った一枚のパネルを巻島に渡した。USBメモリには、秋本の話し声がノイズでかき消された上、およそ七秒間に切り取られた取引現場の映像が入っていた。そしてパネルには、その映像から取った〔リップマン〕の顔が拡大してプリントされている。

「勝田南の不審者とも一致しました」米村が言う。

勝田南では〔リップマン〕だと見られる不審者に逃げられたが、周辺の防犯カメラから、いくつか画像を収集している。解析の結果、それらとも同一人物であると分かったようだ。

巻島は時間を確かめ、席を立った。

「じゃあ行ってくる」

「行ってらっしゃい」

本田が神妙な顔をして見送る。今日一日硬い表情を崩さなかった秋本も黙って一礼してみせた。心境的にはまな板の上の鯉というところだろう。彼のもとにも何回か若宮や藤吉から電話があったようだが、彼らに事情を話すのは番組が終わってからにするようにと言ってある。

帳場に詰めている現場捜査員たちは、巻島の様子をただ眺めているだけだ。今夜、臨時に番組を配信するということは現場にも伝わっているので、何か捜査に動きがあるという予感は各自抱いているだろう。しかし、それが何かはまだ誰も知らない。彼らの中にいるであろう〔ポリスマン〕も、番組を通して知るしかない。

そろそろ県警本部では、山口真帆が曾根に今回の件の報告を始めている頃だろうか……巻島はそんなことを思いながら、捜査本部を出た。

〔ネッテレ〕のスタジオに着くと、巻島は倉重プロデューサーや竹添舞子らと本番前の打ち合わせに臨んだ。今夜、〔リップマン〕の映像を公開すると告げると、彼らは大いに驚き、色めき立った。

「これが〔リップマン〕ですか……」倉重は巻島が持参したパネルを見て、感慨深げに言った。「横顔のぼんやりした似顔絵と比べると、リアリティの次元が違って、何ともぞくぞくしてきますね」

「捕まえたわけではないんですよね？」竹添舞子が訊く。「取引後に通報があったってことですか？」

「どういう取引だったかは番組で詳しく話します。実は、我々神奈川県警が関わっているだけお伝えしておきます。今回の発表で県警は不祥事と言ってもいい問題を世間にさらすことになりますが、〔リップマン〕逮捕のためには、それもやむなしと私は考えています」

「はあ……」

そんな説明を聞いたところで話の全体像は何も見通せないだろうが、竹添舞子は巻島がほのめかしたものの不穏さに呑まれるようにして、それ以上詳しくは訊いてこなかった。

「とにかく、今日は、この〔リップマン〕の顔を大々的に公表するということですね」倉重が話をそこだけに絞った。「だったら、こちらの美術でもっと大きなパネルを作りますよ」

巻島も新聞紙大のものを持ってきたが、視聴者に与えるインパクトを考えれば、もっと大きなものをスタジオに置いたほうがいいということだった。

「では、お任せします」

倉重は早速、USBメモリを巻島から受け取り、スタッフにパネルの作成を指示した。

その後、スタジオに入り、いつものソファに座ってピンマイクを付けてもらっていると、〔リップマン〕の顔写真の特大パネルがスタッフに抱えられるようにして運ばれてきた。そのパネルは、巻島と竹添舞子のソファに挟まれるようにして、セットの中央に立てられた。

間もなく、番組が始まった。モニターには〔リップマン〕のパネルがでかでかと映し出され、「〝リップマン〟に告ぐ！」というタイトルがそこに載った。徐々にカメラが引き、巻島たちが映る。

「特別報道番組『〝リップマン〟に告ぐ！』、今夜は昨日に引き続きまして、急遽お送りすることになりました」

竹添舞子はいつものように巻島を紹介してから、早くも興奮ぶりを口調に乗せて、巻島に話しかけてきた。

「さて巻島さん、今夜の番組は巻島さんの求めに応じて、急遽配信されることになりました。そして番組冒頭から我々の間に、この大きなパネルがあるわけですが、これはいったい誰なんでしょうか？」

「これは昨晩、この番組の配信中に行われた、横浜の大黒パーキングエリアでの取引に現れた〈リップマン〉です」

巻島が答える前から一般ユーザーのアバターたちが、〔リップマンか⁉〕〔リップマン、捕まったのか？〕〔巻島さんのターンきた！〕と騒がしい。そして、巻島の話とともに、アバターたちはいっそう激しく動き出した。

「似顔絵からは色白の男をイメージしていたので、そこは少し戸惑いますが、顔の輪郭からしても同一人物と見て間違いなさそうですね」

「これは映像から切り取ったもので、実際には現場で〈リップマン〉に悟られないように撮影した映像があります」

「その映像も今回、公表できるということで、私も実は放送直前に聞いて、まだ目にしていないのですが……流れますでしょうか？」

竹添舞子の呼びかけに応じ、モニターに〈リップマン〉を映した七秒間の映像が流れた。

「これはかなり至近距離から撮っているようですね？」

「はい」巻島は答える。「五千万円の現金を手渡す側の人間が、かかってきた電話に出るふりをして、スマホで撮影したものです」

「その五千万円は、やはり〈リップマン〉に渡ったわけですか？」

「そうです。それは、昨日の番組配信時に〔リップマン〕が報告した通りです」

「ということは、この取引の被害者側は、取引が終わってから、捜査本部にこの件を通報したということでしょうか？」

「いえ、そうではありません。我々……いや、私を含め、捜査本部のごく一部だけが取引前からこの件を把握していました」

「捜査本部でも極秘扱いだったんですね。それは例の〔ポリスマン〕の存在があったためですか？」

「それももちろん、理由の一つです。下手に動けば〔ポリスマン〕を通して〔リップマン〕にそれが洩れてしまうという可能性は常に警戒していました」

「理由の一つと言うと、そのほかにも何か……？」

「ええ、事情を話せば、おそらくみなさん驚かれることと思いますが、説明させていただきます」巻島は言う。「今回の計画で〔リップマン〕が取引の相手としていたのは、我々神奈川県警でした」

「えっ⁉」

「もう少し詳しく言うなら、ある捜査部門の管理職の地位にある人間に対して、彼は取引を持ちかけてきました」

「その人から五千万円を脅し取ろうとしたということですか?」竹添舞子は信じがたいと言いたげな口調で訊いた。

「そうです。いかにも大胆不敵ですが、裏づけとなる情報を〔ポリスマン〕から得ていた可能性はあります。何かと言うと、その部署には五千万円にも上る裏金があり、幹部がそれをキャッシュで保管していたという事実です」

「裏金ですか……」竹添舞子は嘆息混じりにそう口にした。

「お恥ずかしい話ですが、これは事実だと認めざるをえないようです。県警内にいる私自身も把握していなかったこのことを〔リップマン〕は正確につかみ、取引に応じなければ、まさにこの番組で事実を公表すると脅してきました。〔リップマン〕が私の呼びかけに応じ、アバターを使って番組に参加してきた裏には、そういった狙いがあったのです」

「ちょっと待ってください」竹添舞子は理解が追いつかないように、頭に手を当てる。「確かに〔リップマン〕は以前、この番組に出ることが相手との交渉に役立っているというようなコメントを出していましたが……まさか、こんなことだとは思っていませんでした」

「すべては取引を成功させるためだったのです。その証拠に、取引が終わった今夜、〔リップマン〕が現れることはないでしょう。そうするメリットがないからです。ただし、一視聴者として、観てはいるはずです」

モニターに映るユーザーたちのアバターに〔リップマン〕のそれが加わる気配は一向にない。ただ巻島は、この番組をどこかで観ているに違いない〔リップマン〕の目を意識し続けている。

「取引についてですが、五千万円の現金は〔リップマン〕の手に渡ったんですよね？」竹添舞子が確認するように訊く。

「渡りました。これについては形として、〔リップマン〕の要求に応じたと見られても仕方ないものですし、ご批判は当然あるだろうと思います。ただ、捜査の進展を優先した結果、取引段階では〔リップマン〕を泳がしたほうがいいと判断したのも確かです。何より、国民の血税が不正にプールされ、さらには犯罪者に付け入られて奪われるに至ったわけですから、この件における関係者の対応はしっかりと検証されなければなりませんし、その責任も必ずや明らかにされなければならないでしょう。しかし、それを承知で申し上げますが、私は今、〔リップマン〕を逮捕することにすべての力を向けるつもりでいます。だからこそ、この場で事実を明かし、映像の公開に踏み切ったのです」

再び、大黒パーキングエリアでの〔リップマン〕の映像が流された。

「この映像はつまり、巻島さんと同じ神奈川県警の方が撮ったわけですね」竹添舞子はそう言ってから、尋ねてきた。「これを今後、どう捜査に結びつけるお考えですか？」

「今度こそ、この番組の視聴者をはじめとする一般の方々のご協力を必要とします。この映像により、現場捜査員が以前、横浜市都筑区の勝田南で遭遇した男も、コンピュータの解析の結果、〈リップマン〉に間違いないということが分かりました。その映像も追って公開したいと思います。この人物を知っている、近くで見たことがある、そういう心当たりがある方は、ぜひ捜査本部にご一報いただきたいと思います」

さらに、取引現場での〈リップマン〉の映像が繰り返し流される。それが終わると、スタジオの〈リップマン〉の顔パネルをカメラがアップで捉えた。

「やはり〈リップマン〉は現れないようですね」竹添舞子は画面のアバターたちを見て言う。

「しかし視聴数は緊急配信にもかかわらず、もうすぐ百万に達しようとしています。この中に、ひそかに視聴している〈リップマン〉もいるんでしょうか」

「いるはずです」

巻島の確信めいた言葉に、彼女ははっとするようにあごを引いた。

「何か〈リップマン〉に呼びかけることはありますか？」

「はい」

巻島が返事をすると、カメラが巻島に向き、モニターには巻島のアップが映し出された。

「〈リップマン〉に告ぐ」

巻島はそのカメラに向かって呼びかける。

「お前はもう、この番組に参加するどころではないだろうから、こうして呼びかける。このニュースが日本列島を駆けめぐり、明日になれば一般市民による巨大な捜査網が出来上がっている。お前は包囲された。どこに逃げようと、人々の目と街のカメラがお前を見逃すことはない。我々は手負いかもしれないが、捜査に注ぐ力を緩めることはない。お前を道連れにできるなら自分の身はどうなってもいいと覚悟できる人間がこちらにはいる。そうした執念を背負って、俺はお前と対峙している。決して安らかに眠らせはしない。〔リップマン〕、今夜は震えて眠れ」

44

若宮はパーティションで囲われた捜査一課長の席にいた。

曾根本部長から、至急本部長室に顔を出せという命を受けて県警本部に戻ってきたが、すぐには本部長室に向かう気にはなれず、自分の席でぐずぐずしていた。

夜の十時に近いこの時間だが、刑事部屋の外の廊下では記者連中がうろちょろしている。巻島が〔ネッテレ〕で暴露した諸々の件について、真相を突き止めようと嗅ぎ回っているのだ。

目の前には藤吉と中畑が突っ立っている。善後策を話し合うという体ではあるが、先ほどから三人の間に会話はない。

どう考えても、この窮地を脱する方法はないのだった。

不意に藤吉と中畑の後ろに人影が現れ、気配に気づいた彼らが振り返った。

秋本がそこに立っていた。

朝方からいくら電話をかけてもつながらなかった。そこに嫌な予感めいたものはあったが、これほど大それた裏切りを受けるとまでは考えていなかった。

根気よく手なずけ、餌を与え、不安がらせないように声をかけてもいたはずだったが……。

「このたびはお力になれず、誠に申し訳ありません」

秋本は若宮の前まで進み寄ると、神妙に一礼して、懐から出した退職願を差し出してきた。

「お前の辞表一枚で済む問題かっ⁉」

若宮はその退職願を鷲づかみにして、怒りに任せ、彼に投げつける。

「飼い犬に手を嚙まれるとは、まさにこのことだ！」

腹の中で煮えたぎっていたものをいったん外にぶちまけると、それが全身を包み、さらに若宮を熱するかのようだった。頭の中まで沸騰し切って、衝動的に立ち上がった。

「田舎に売られるところを、俺が拾ってやったのに、この恩知らずがっ！」

罵倒の限りを尽くさないことには、どうにも収まりはつきそうになかった。

「お取りこみ中、すみませーん」

そのとき、パーティションの陰から山口真帆がひょっこり顔を出した。

「若宮さん、来ないんだったら、本部長がこっちに乗りこむって言ってますよ」

頭に上っていた血が、急速にどこかへと逃げていく。

「駄目だ……」

目の前が暗くなり、若宮はその場に倒れこんだ。

45

「巻島、やりやがったな」

本部長席から目の前に立つ巻島を睨め上げている曾根の目は怒気をはらんでいた。

「私を責めるのはお門違いかと」巻島は冷静に言い返す。「事情は若宮課長が詳しいですし、あちらに訊いていただければ」

「ぶっ倒れて来ねえんだから、お前を相手にするより仕方ないだろ！」

横のほうで岩本と一緒に突っ立っている山口真帆が口を押さえ、笑いを嚙み殺している。彼女は県警本部に登庁した巻島を刑事総務課で出迎えたときも、「若宮さんが……気絶しちゃって」と吹き出すのを懸命に我慢していた。若宮は医務室で手当てを受けているらしい。

この事態をどこか楽しんでいるように見えるのは彼女一人であり、岩本はいつも以上に顔が青ざめているし、曾根は誰彼構わず当たり散らす相手を探しているようだった。

「捜査は進展しています」

巻島の言葉に対し、曾根は「だから何だ！」と、本音の一言で切り捨てた。曾根としては、自分が矢面《やおもて》に立たなければならない不祥事が持ち上がり、捜査どころではないという心境なのだろう。

「お前の腹心だった秋本も絡んでるらしいな。よくそんな他人事のような顔をしてられるな」

決して他人事のように思っているわけではなく、そのとげのある皮肉はおそらく曾根が期待する通りに巻島の心にちくりと刺さったが、それで怯むつもりは微塵もなかった。

「不祥事を不祥事のままで終わらせないことです。この苦境を打開するには、一にも二にも事件を解決するほかありません。私はそれに向けて全力を尽くすだけです」

「県警の救世主でも気取ってるつもりか！」

成績至上主義の曾根は、これまで事件解決のためなら手段を選ばないという点で、巻島と価値観が共通していた。

しかし、今回の件は、曾根がそうした価値観を適用する限度を超えていたようだった。巻島が先に決断しなかったら、事情を把握した曾根は事件を闇に葬り去っただろうか……それは分からないが、曾根が苛立ちを巻島に向けているのは、若宮の代わりというばかりでなく、巻島を持て余し始めている表れであるようにも見えた。

「捜査のためなら何でもできると思ってるか知らんが、そこまでの権限は与えてないぞ」

「もちろん、本部長を煩わせない範囲で、まめな報告と相談を心がけたいと思っています」

曾根はあたかも敵を見ているようだった。憤怒の感情は一通り吐き出して、いくぶん落ち着いた感はあるが、巻島に向ける目に油断は生じていない。

「俺が世間に頭を下げるとすれば、それはお前への貸しだ」曾根は押し売りするようにそう言った。「俺に頭だけ下げさせておくなよ」

「分かりました」

〔リップマン〕の逮捕を厳命されたものと受け取り、巻島は素直に頭を下げた。

翌日の日曜日、帳場の指令席に秋本の姿はなかった。

昨日深夜、曾根が緊急の記者会見を開き、巻島が番組で明かした裏金問題の事実や県警幹部が〔リップマン〕から脅迫を受けていた事実を大筋で認め、詳細については事実関係を内部で慎重に調査した上で明らかにしたいと発表した。〔リップマン〕との取引に応じた件に関しては、〔リップマン〕との接触が事件解決につながると考えてのことであると曾根は強弁したようだが、なぜ五千万円もの現金をむざむざ奪われたのかと追及されると、曾根としても取り繕いようがなかったらしく、会見中、答えに窮する場面もあったらしい。

そうした動きの中で、当然、県警ではこれらの問題を調査しなければならず、秋本ら関係者は県警本部で調査チームの聴取を受けることになったのだった。

また秋本はすでに、若宮に辞表を提出したようだった。山口真帆からそれを聞いた巻島は、秋本ならそうするだろうという予感があったにもかかわらず、胸がふさがるような気持ちにならざるをえなかった。もう秋本がこの帳場に戻ってきて自分と肩を並べて仕事をすることはないのかもしれない……そう思うと巻島はふと感傷的になり、物思いに沈みそうになった。

しかし、県警内部の混乱とは別に、捜査の局面は動き出していた。

神奈川県警の捜査幹部が〔リップマン〕に裏金を脅し取られたというニュースは、その事実のインパクトも相まって各メディアで一斉に報じられ、〔リップマン〕の映像もテレビの報道番組や情報番組で繰り返し流された。

また、巻島は昨日の番組配信の最後に、〔リップマン〕がもう番組に参加する意思がないと判断して、彼が詐欺仲間から「アワノ」という名で呼ばれていたことも公表した。それも当然のように、各メディアで取り上げられた。

〔ネッテレ〕の番組配信後から日曜日にかけて、新たな情報が断続的に捜査本部にもたらされた。それらは、これまでの情報とは質的な面で違いがあった。

例えば、横浜や川崎に住む高齢者から、以前自宅を訪ねてきていた社債の営業マンが「アワノ」と名乗っていて、〔リップマン〕に似ていたという情報がいくつか寄せられた。状況から見て〔リップマン〕本人である疑いが濃く、巻島は事情確認のための人員をそれぞれの情報元に送ることにした。

「鎌倉付近での目撃情報も割と目立ちますね」

指令席で情報を整理していた本田がそんな印象を口にした。

由比ガ浜のサーフショップの店員から、似た顔のサーファーを見たことがあるという情報が来ている。あるいは、〔ミナト堂〕の鎌倉駅前店から、時折〔ミナトロマン〕を買っていく客に似ているという情報も届いている。

〔リップマン〕が鎌倉付近に潜伏している可能性は十分考えられるものだった。防犯カメラのデータ収集は、横浜と川崎に地域を限定して行っていた。その捜査方針を〔ポリスマン〕

を通じて把握し、鎌倉を安全地帯として考えていたとしても不思議ではない。

「これがヒットだったら大きいな」

一覧から巻島が目を留めたのは、鎌倉にある老人養護施設からの通報だった。入居者だった女性の家族が〔リップマン〕に酷似しているという。「アワノ」という名前ではないようだが、これが〔リップマン〕本人であれば、身元の判明が一気に進む。

「誰か行かせましょう」

本田が言って、早速情報確認班に指示を出した。ほかにも鎌倉の主要箇所の防犯カメラのデータを収集する班を編成し、現地に向かわせた。

捜査員たちが慌ただしく動く中、巻島は〔リップマン〕の影がもうすぐそこまで近づいてきた手応えを感じていた。

46

由香里にとっては、いつもと変わらない日曜日だった。

空には少し雲が多く、このところ続いている猛暑もほんのわずか和らいだ感はあったが、蟬《せみ》の鳴き声は相変わらず盛大で、風もまだ秋を運んでくるほどには軽いものではない。

由香里が楽しみにしていたのは、家庭菜園のトマトだった。赤く熟した実が五、六個あり、数日前からこの日曜日に収穫しようと決めていた。日曜日は絵里子と渉が遊びに来ることがこのところ恒例となっている。昼食でトマトソースのパスタを振る舞うつもりだった。

朝方、トマトを収穫してトマトソースに使わない分を冷蔵庫に入れると、しばらく庭の草取りをした。そのあと、シャワーを浴び終わった頃に、淡野が二階から下りてきた。

「トマト、取ったよ」

ダイニングテーブルに転がしておいたトマトを手にして淡野に見せると、彼は「くれ」と一言言って、居間のいつもの窓辺に座った。

由香里は冷蔵庫で冷やしておいたトマトを切り、モッツァレラチーズとバジルソースを合わせてカプレーゼを作った。

それを居間に運ぶと、淡野が早速フォークを手にして、輪切りにしたトマトを口に入れた。

普段、由香里の料理に対して、うまいとかまずいとかいったことを何も言わない男だけに、待っていても感想の言葉は出てこなかった。ただ、咀嚼《そしゃく》して小さくうなずいたのが分かり、おいしかったのだろうと思えた。

それから、洗濯や風呂場の掃除などをしているうちに、気づくと十一時をすぎていた。淡野は居間でテレビをつけてのんびりしているようだった。

由香里も台所にある小さなテレビをつけ、情報番組の賑やかな音をBGMに、昼食の準備に取りかかった。ナスや玉ねぎ、きのこやベーコンなどをオリーブオイルで炒め、そこにトマトを入れてじっくり煮込む。パスタは絵里子たちが来てから茹でることにして、トマトソースが出来上がったところでいったん火を止めた。

しばらくまな板やボウルなどを洗っていたが、ふと、何かの拍子でテレビに目が向いた。

一瞬遅れて、「アワノ」という言葉に反応したのだと気づいた。

え……？

画面にはなぜか、眼鏡をかけた淡野の映像が出ていた。

何だ……？

驚きのあまり、これが何の出来事を扱っているものなのか、由香里はにわかには理解できなかった。この一週間の事件を取り上げているコーナーらしい。「リップマンの映像公開」「アワノと呼ばれていた」という画面のスーパーが目に入ってきた。

横浜で誘拐事件を起こした犯人が〔リップマン〕と呼ばれ、警察に追われているらしい……由香里が仕事中につけているラジオなどで聞きかじっていた事実はその程度のものだ。大きな事件だという認識はあったが、物騒なニュースにことさら興味を示す性分ではないから、それ以上のことは知らない。

その〔リップマン〕が淡野だった……。

由香里は立ちすくんで動けなくなっていた。

何か危ない仕事をしているのではという予感めいた思いはあったが、これほど大きく世間を騒がせている事件に関わっているとは考えもしなかった。

いろんな感情や思いが頭の中を渦巻いている。淡野にどんな顔を見せたらいいのか。知らないふりをしたほうがいいのではないか。警察が踏みこんでくる恐れはないだろうか。絵里子や渉がニュースに気づいて通報してしまわないだろうか……。

淡野を助けなければ……いろんな感情が押し寄せる中でその思いを見つけたとき、由香里はそれが自分にとっての真理だと思えた。その真理の前には、物事の善悪はどうでもよかった。足を踏ん張るようにして耐えていた感情の嵐が急速に鎮まり、自由に動く自分を取り戻したような気がした。

まず、自分がすべてを理解し、その上で味方でいることを彼に伝えるべきだ。

しかし、緊張しながらそっと足を運んだ居間に、淡野の姿はなかった。

テレビはついたままで、ローテーブルにはモッツァレラチーズが二切れほど残された皿が置かれている。

網戸を覆うレースのカーテンが小さく揺れている。庭を見るが、そこにも彼の姿はなかった。

そう言えば、料理をしているとき、階段の足音を聞いた気がする。気のせいかと自問してみるが、確かにそうだったと思い直した。

二階に上がり、寝室を覗く。

しかし、そこにも淡野はいなかった。

仕事部屋にももちろんいない。

由香里ははっとして、もう一度寝室に入った。床に手をついて、ベッドの下を覗きこむ。

「あ……」

淡野が大事にしていたあのリュックが、そこにはなかった。

由香里は階段を下り、家を飛び出して、路地をさまよった。

しかし、今までの日々が嘘だったかのように、彼の姿はどこにも見つけられなかった。

消えてしまった。

身体から力が抜けていき、由香里は道端にしゃがみこんだ。

47

運転席で渉が途方に暮れたように言う。

「どうしますか……」

「とりあえず横浜に行ってくれ」

後部座席から、淡野はそう指示する。渉も薄いサングラス姿だが、淡野も帽子を目深にかぶった上でサングラスをかけている。

「横浜って……飛んで火に入る夏の虫じゃないっすか」

由香里の家を出てから、電話で渉を呼んだ。

渉は絵里子のマンションにいて、由香里の家に行くべきかどうか迷っていたらしい。絵里子はテレビのニュースを観て、すべて知ってしまっていた。だからこそ彼女も、由香里がまだ知らなかったらという思いで、どうしたらいいか悩んでいたようだ。淡野からの電話があったことで、渉は絵里子を置いて、車で駆けつけてきたのだ。

「こういうときは、遠くに逃げないほうがいい」淡野は言う。

「灯台もと暗しってやつですか」

「しばらく黄金町に身を隠す」

「兄貴は絶対聞かないでしょうけど……絵里子が絶対言えって言ってたんで、一応言います」渉は口ごもるようにそう前置きしてから、話を続けた。「その……たとえ捕まっても、ユリさんなら絶対待っててくれるから、そうするのも一つの道だって」

刑務所暮らしの男を待ち続け、数奇な人生を送る羽目になった自分の母のことを淡野は思った。由香里もそんな生き方を呼びこむ女なのだろうか……しかし、そうなる前提自体が淡野の頭になく、想像はすぐに途切れた。

「俺は捕まらない」

「……そうっすよね」渉は少し困ったような相槌を打ち、それからへへっと笑った。「どう考えても絶体絶命って感じなんですけど、兄貴見てると、全然そんな感じじゃないんですよね。こうなるのも想定内だったみたいな」

想定内ではなかった。

秋本に関しては、若宮を使い、心理的にコントロールできているはずだという感触はあった。それが油断となり、現場での彼の電話の芝居をまんまと許してしまったわけだが……。

どうやら巻島の手当てが最後に利いたようだった。巻島との関係性を消し切れないところまでは淡野も想定していたが、思った以上に、秋本の捜査幹部としての気持ちが死んでいなかったということかもしれない。

しかし、こうなってしまえば、追いこまれたなりに、今の事態に対応するまでのことだ。それ以外のことを考える必要はない。

「兄貴より俺のほうが焦ってますよね」渉は淡野の沈黙をよそにしゃべり続けている。「まあ、実際、俺もやばいんですけど」

「渉は大丈夫だ」淡野は言う。「あれから自分ちには帰ったのか？」

「ええ……昨日夜、恐る恐る見に行ったら、何もなかったかのようになってましたよ。まるで、寺尾が自分で起きて帰っちゃったんじゃないかって思えるくらいに……でも、一滴の血も残ってませんでしたから、やっぱり兄貴の知り合いのおかげなんでしょうけど」

「何もなかったと思ってればいい」

渉はこくりと首を動かし、少ししてからまた口を開いた。

「兄貴は優しいっすね」

言われたことのない言葉をかけられ、淡野は何も応えなかった。

「俺、兄貴と出会えて、本当によかったと思ってますよ。兄貴は絶対、捕まりません。逃げ切りましょうよ。俺はどこまででも付いていきますし、兄貴のためには何でもしますよ」

渉は気持ちが高ぶったのか、しきりにサングラスをずらして、目もとを拭っている。

横浜に入り、まず南本牧の〔槐屋〕に寄った。

あらかじめ電話をしておいたので、槐はガレージとなっている倉庫のシャッターを半分開け、いつものように暗い壁際のパイプ椅子に座って待っていた。

「とんだお尋ね者になっちまったな」

車を降りた淡野に、槐は少し憐れむような目を向けてそんな声をかけてきた。

「仕方がない」

淡野はそう応じて、〔ミナト堂〕の社長親子誘拐事件で得た三枚のゴールドバーをリュックから出した。

「これを現金化してほしい」

「例のやつだな」槐は金塊を受け取り、その重みを確かめるように持ちながら言った。「ほとぼりが冷めたとは言いがたいが、まあ、悠長なことも言ってられんわな。このところまた値段が上がってるし、数日くれれば買い手はつくだろう。足もと見られても、千二、三百は取れるはずだ」

「助かる」

手もとに一千万弱の現金はあるが、資金的にはできるだけ余裕が欲しい。

「この先、どうするんだ?」槐は訊いてきた。「あれだけ顔が出回ると、高飛びも難しいだろ」

「しばらくは街中に潜伏する」

「まあ、黄金町の部屋あたりが、逆に安全かもな」槐は言う。「それでも、いつまでもじっとしてるわけにはいくまい。帽子をかぶってサングラスにマスクをかければ、とりあえず、防犯カメラはパスできるだろうが、いずれ刑事の目に引っかかる。そうなるとまあ、顔をいじるのが一番だろうな」

「その手配も頼む」

「韓国の医者を五回くらい呼んでいじらせたら、いい感じにはなるだろ。ただ、旅費、報酬、その他で、この金塊分くらいはかかるぞ」

「そのためのこれだ」

そう割り切って言うと、槐は納得したようにうなずいた。

「一年後には、笑って会えるようになるだろ」

彼はそう言って淡野を激励した。

ほかにも新しい携帯やＳＩＭカードなどを入手し、逃亡生活の段取りをつけた淡野は、十分、活路を得たような気持ちになった。それまでは平静を装っていても、どこか追いこまれた感覚は正直拭えなかった。

「大変なことになったな」

その後、越村の事務所にも回り、越村からも心配顔を見せつけられたが、淡野自身はそれが滑稽に思えるようになっていた。

「〔ワイズマン〕に会うか？」越村はそうすべきだと勧めるように訊いた。

「いや、しばらく一人で何とかする」

〔ワイズマン〕なら何らかの方法で力を貸してくれるだろうが、淡野としては少々格好がつかない思いだった。第一、これだけ自分の映像がマスコミに取り上げられている状況の中、彼と接触しようとするのは、見境がなさすぎて失望されかねない行為だと言っていい。

「何かあるときは頼む」

新たな連絡用の携帯番号を記したメモとともに金をいくらか渡してそう言うと、越村は「何でも言ってくれ」と殊勝に応じてくれた。

日が落ちるまで越村の事務所でのんびりし、彼が用意した弁当を食べたあと、淡野は渉の車で黄金町に向かった。

車を京急高架沿いの狭い道にまで入れてもらい、アジトの前で降りる。

「また、いろいろ差し入れ持って来ますから」

後ろ髪を引かれているような渉の声に、淡野は微笑する。

「お前も俺に似てるんだから、そうそう周りをうろちょろされると困る」

「何言ってんすか」渉の声はかすかに涙ぐんでいる。

「暇なら来い」淡野はそう言い直した。「ちゃんと周りに気をつけて来い」

「はい」渉は無理に気張ったような声で返事をした。

アジトのガラス戸を開け、カーテンをくぐって中に入る。荷物を床に置くと、淡野は薄いマットレスの上に寝転んだ。

狭く、暗く、静かだった。数カ月前は当たり前のようにここで寝ていたから、すぐに慣れるのは分かっている。

早くも、由香里の家での日々が夢のような感覚だった。

48

週が明け、捜査本部に集められた〔リップマン〕に関する情報の確認が進んだ。

〈汐彩苑〉の男、〔リップマン〕に間違いありません。一致しました〉

捜査支援室の米村からは、電話で興奮気味にそんな報告がもたらされた。

鎌倉の老人養護施設〔汐彩苑〕に入居していた女性の息子が〔リップマン〕に似ていると

いう通報が当の施設からあり、巻島は情報確認班の捜査員を派遣した。女性はつい先日、大黒での一度目の取引が流れた日に死亡している。

息子が施設に伝えていた携帯番号はすでにつながらなくなっていたが、施設内に設置された防犯カメラの映像が残っていた。捜査員がそのデータを借りてきて、捜査支援室で顔認証システムにかけたところ、〔リップマン〕と同一人物であることが分かったのだった。

「朽木浩司か……」

どうやらそれが、〔リップマン〕の本名と考えてよさそうだった。施設に届け出ている横浜の住所も判明している。そこに現在も住まいを置いているかどうかは分からないが、巻島は捜査員を確認に走らせた。

〈それと、Nシステムのヴォクシーの男ですが、こちらは一致しませんでした。サングラスを抜きにしても、別人だと見て間違いなさそうです〉

取引のあった金曜とその前週の金曜、取引時刻に近い時間帯に大黒パーキングエリア周辺を走っていた車をNシステムで洗った結果、何台かが浮かび上がった。写真で確認したところ、中でも湾岸線を走る黒のヴォクシーが注目されることとなった。薄いサングラスをかけた運転手が〔リップマン〕に似ているのだ。

しかし、コンピュータでは別人と判定されたようだった。単なる他人の空似らしい。ただ、取引時刻と通行時刻の関係から、まったくの無関係だと判断するのも早い気もして、念のためヴォクシーの所有者を洗わせる担当を付けた。

鎌倉には、聞きこみや防犯カメラのデータ収集などを進めるため、三十人ほどをすでに送りこんでいる上、近隣署にも協力を求めている。

「問題は、〔リップマン〕がまだ鎌倉にとどまっているかどうかですな」本田が言う。

「逃げてるとしても、遠くには行っていないと思う」

巻島はそう推理する。誘拐事件のあとも鎌倉を拠点にして、たびたび横浜に来ていたということは、やはり、シノギの人間関係を断ち切ってまで、高飛びしようなどとは考えていないはずだ。今でも、仲間の力を借りて逃げ切れると考えているのではないか。

「逆に、今度は横浜か」

そんな気がして、巻島は、〔リップマン〕の出没地域でもあった元町・中華街付近を中心に、防犯カメラのデータ収集や警邏の人員を回した。加えて、加賀町《かがちょう》署や伊勢佐木署などの所轄署にも警邏活動の強化を要請した。写真を公開したことで、〔リップマン〕逮捕の手は捜査本部だけに限定されるものではなくなった。

ほかにも、津久井《つくい》湖で若い男性の変死体が上がったという情報が入り、所轄署に〔リップマン〕に似ていれば知らせてほしいと伝えた。

必ずどこかでこの網に引っかかるはず……巻島はそんな思いで、卓上の県地図の上に載せられた〔リップマン〕の写真をにらみつけた。

49

〔ネッテレ〕のアーカイブ配信の映像を映していた壁のモニターが切り替わり、最上階フロアのセキュリティーゲートを通った来訪者の顔が映し出された。

やがて執務室のドアが小さくノックされ、ゆっくりと開いた。

「遅くなりました」

薮田が一礼して入ってくる。

〔ワイズマン〕こと網代実光は、応接ソファに座り、鷹揚にうなずいてみせた。

薮田が網代の前に腰かける。昼間は全面ガラス張りの窓から遠くまで海が望めるが、深夜に近いこの時間は漆黒の景色が広がっているだけだ。

「どうなってる？」網代は短く尋ねた。

「正直、時間の問題ですね」薮田は答えた。「淡野はどう思ってるか知りませんが、警察も甘くはありません。このところあいつが鎌倉を拠点にしていたということは、もう捜査本部のほうでつかんでます。それから、もし逃げるとしても、高飛びはしないだろう、むしろ横浜の街中に隠れる可能性が高いだろうと上は読んで、その手配も済んでます」

淡野が鎌倉から脱出して横浜にしばらく潜むつもりらしいということは、彼と会った越村から聞いている。どうやら巻島ら捜査幹部は、その動きをすでに読んでしまっているようだった。

淡野はそれでも逃げ切れると思っているだろう。自分が育ててきただけに、彼の考え方は手に取るように分かる。

しかし、警察に捕まったことがない淡野に、相手との距離感がどれだけ正確に測れているか……その点において、網代は彼の感覚を全面的に信じられる段階ではなくなっていた。

「以前のあいつだったら、こんな下手も打たなかっただろうに」

網代はそう独りごちる。稼業から足を洗おうとしていた淡野も、そうした憾《うら》みをかねて自覚していたのかもしれない。焼きが回った彼に強いるべきではなかったと今なら思うが、もう遅い。

「何とかしないと駄目だな」

一つの決断とともにそう口にした網代を見て、敏感に何かを感じ取ったらしき薮田の目がすっと細められた。

50

息をひそめるようにして黄金町のアジトで一晩をすごした淡野は、月曜の夕方、にわかに降り始めた夕立に乗じて、ほんのひととき街に出てみた。黒の傘を差し、帽子にマスクで顔を隠した。

缶詰などの食料に不足はなかったが、どうにも味気なかったし、丸一日狭い部屋にこもっていることは窮屈すぎた。四カ月近い由香里との生活で、淡野は自分が意識する以上に自分自身をくつろがせてしまっていた。緊張の持続に耐えられる心身は、簡単に戻るものでもない。時折緩めてやりながら、徐々にこの逃亡生活に慣れさせていくしかない。

中華街で店頭売りしている豚まんでも買い、余裕があれば越村の事務所を覗こうと思った。

しかし、伊勢佐木の街をかすめるあたりで、淡野は早くも警戒心を最大限に研ぎ澄ませなければならなかった。街を警邏する警官の姿がちらほらと目につく。私服刑事ではないかと疑われる男たちの姿もあった。

淡野は彼らの存在を相手より先に見つけるたび、傘で顔を覆って道を折れた。中華街までたどり着くのが一苦労だった。やっとのことで豚まんと甘栗を買うと、越村の事務所まで足を延ばす気にはならなくなっていた。雨がやまないうちに黄金町へと戻り、アジトに引きこもった。

翌日は外に出なかったが、日が暮れた頃、渉が様子を見に来た。

「昨日も覗きに来たんすけど……」

淡野が中華街に行っていた頃、ここを訪ねてきていたらしい。

「あんまり出歩かないほうがいいっすよ」

渉は渉でそんなことを言い、何やら紙袋から弁当箱を出した。

「ユリさんが作ってくれました」

部屋の片隅に置いたLEDランタンの弱い光に照らし出されたそれを、淡野は見つめた。

「彼女、俺が言わなくても、兄貴が出てった理由は分かってました」渉は言う。「どこにいるとかは言ってません。それ言うと、来ちゃうかもしれませんからね。ただ、無事だからということだけ言ってます」

「これはこのまま返しとけ」淡野は言った。

「え？」

「食ったら、また作ってくる。俺はもう戻ることはないと言っておけ」

「それは……言いにくいっすよ」渉は口ごもるように言った。

「弁当、買ってきてくれ」

そう言って渉に金を渡すと、彼は「……はい」と不本意そうに返事をして出ていった。

やがて彼は、温かい弁当と飲み物を買って戻ってきた。

「今日はもういい」淡野はその彼に告げた。

「そうっすか」渉は寂しげながら、首をすぼめるようにしてうなずいた。「また来ますから、困ったことがあったら遠慮なく言ってください」

「毎日来てもらっても頼むことはない」

淡野はそう言って渉を送り出し、薄暗い部屋の中で弁当に箸を付けた。


夜が更けてから、〔ポリスマン〕に連絡を取った。

一度目の電話には出なかったが、夜半近くにかけ直してみると、今度はつながった。

「捜査はどうなってる？」

焦りの色は口調に出さず、しかし、淡野はその情報をまず求めた。

〈おふくろさんがいた施設が突き止められてる〉〔ポリスマン〕が答える。〈施設のカメラから、息子がお前だと確認された。名前も当然判明してるが、これは裏取りが始まって、本人かどうかという疑問の声は上がってる〉

朽木という名前は〔ワイズマン〕が手に入れてきた戸籍のものだけに、警察が本腰を入れて洗えば、淡野と結びつかない事実はすぐに浮かび上がってくるだろう。

〈どちらにしろ、鎌倉にはけっこうな人数が回されてる〉

「鎌倉は出た」

〈横浜も同じだ。県内のサツカン全員、お前の写真を片手に外を歩き回ってると思ったほうがいい〉

彼の言い方からは、警察側の攻勢気分がうかがえた。

〈うまく逃げられる方法をボスと相談してる。手筈が整ったら連絡する〉

〔ワイズマン〕が自分の逃亡のために手を回していると知り、淡野は恥じ入る気持ちを持つ一方、力を得たような思いにもなった。

〔ワイズマン〕は国内の離島などに別荘を持ち、クルーザーなども所有している。急ぎ逃げ道を用意するとなれば、それらを使うことになるのだろう。一時的に横浜を離れることになるかもしれないが、〔ワイズマン〕がそこまでするのであれば、素直に従うまでだ。

水曜日になると、気持ちの面で逃亡生活に馴染んできた感覚があった。追い詰められているという現実から来る悲観的な思いが、淡野の中でたびたび勢いづくこともあったのだが、それがにわかに収まりを見せた。〔ワイズマン〕の救助策に期待するところが大きかった。

夕方前、淡野は帽子にサングラス姿でアジトを出た。一昨日のような、息苦しさから外の空気を吸いたくなったという感覚ではなく、心理的な余裕からそうしたくなったのだった。

街は相変わらず、警察官の姿が目立った。むしろ増していると言えた。

淡野は慎重に前後をうかがいながらも、軽い足取りで街を歩いた。越村の事務所を覗くと、

「相変わらず大胆だな」と苦笑しながら彼は出迎えた。

「〔ワイズマン〕が心配してたぞ」

越村の言葉に淡野はうなずいた。

「何か考えてくれてるらしい。横浜から離れるかもしれない」

「まずは無事が一番だ」彼は言った。「離れたとしても、そのうち戻ってくると思ってるよ」

少し越村と話して気が済んだ淡野は、彼の事務所を出て、中華街に寄った。横浜を離れるとすれば、ここの飯も当分は食べられなくなる……そんな思いで一昨日と同じように豚まんや甘栗などを買い求めた。

帰り道、中華街を出たところで、足を向けようとしていた関内方面の道に刑事らしき男の姿を見つけた。向こうが気づく前に淡野はそっと進路を変え、寿町に足を踏み入れた。

足を悪くした老人の車椅子をケアワーカーが静かに押している。仕事にあぶれた日雇い労

働者たちが、何をするでもなく、路地の片隅で暇をつぶしている。そんな光景に溶けこむようにして、淡野も背中を丸めて歩く。

同じように、背中を丸めてだるそうにしている男が向こう側から歩いてくる。

いつだったか、元町の堀川沿いで淡野に職務質問をかけてきた刑事だ。あまりに刑事らしくない風貌に、今回も一瞬、警戒が遅れた。

さりげなくすれ違う。

そのとき、相手の視線がこちらに向いた。

51

長時間の警邏に疲れ、どこかで休もうかと考えていた小川だったが、その瞬間、そんな考えは消え、すれ違った男を思わず二度見した。

またチョンボだと言われそうなので誰にも言っていないのだが、小川は〔リップマン〕を元町で見たことがあった。声もかけたのだ。

〔リップマン〕の映像が公開されて、小川はひそかに愕然とした。勝田南周辺の防犯カメラに映っていた〔リップマン〕とはまた雰囲気が違い、肌が陽に灼けて、サーファー風な男になっていた。まさに、自分が声をかけたあの男だと、小川は思い出したのだった。

しかも小川は、その前にも同じような男に声をかけている。中華街で見つけ、同じ女がいて、免許証を見せてきた。朽木というような名前ではなかったように思うが、住所は確か藤沢だった。藤沢と言えば、〔リップマン〕が潜伏していたとされる鎌倉の隣である。

小川は最近、携帯ゲームのやりすぎで視力が落ちていたが、今、すれ違った男を見逃すことはなかった。二度あることは三度あると思った。

一緒にコンビを組んでいる相棒は近くにいない。そう指示されているわけではないが、以前から進められていた警邏活動の延長で、ついつい互いに独り歩きをしがちになってしまっているのだ。

「あのお、すいません……」

小川は意を決して、すれ違った男を追い、声をかけた。

「警察のほうから来たんですが、ちょっとお時間いいですかぁ?」

男が立ち止まり、振り返った。帽子にサングラス姿だが、小川は以前もそのサングラス姿の彼に声をかけているから、逆に変装になっていない。

「このあたり警戒中でして、申し訳ないんですが、ちょっとサングラスを外してもらえませんかね?」

男は小さくうなずき、サングラスを少しだけずらす。眩しそうに目を細めているが、やはり〔リップマン〕に似ている。

逸る気持ちを抑え、小川はさらに話しかける。

「め、免許証か何かあったら、見せてもらいたいんですけど……」

男は再び黙ってうなずいた。免許証を出すタイミングで腕に取りすがってやれと、小川は気持ちを構えた。

しかし、男は免許証を探すこともせず、機先を制するようにして、小川の胸をいきなりどんと押した。

「あっ……！」

朝から街を歩き回って足腰にきていた小川は、それだけでドタドタと後ろにバランスを崩し、堪え切れずに尻餅をついて道端にでんぐり返った。

起き上がったときには、走り去る男の背中が遥か向こうに見えた。

「何？　本当か⁉」

52

無線による小川からの報告に、指令席で応じていた本田の声が大きくなった。

〈間違いありません。最近、携帯ゲームに嵌まっちゃって視力が落ち気味なんですけど、見間違いではないです。僕を信じてください〉

不審者に突き飛ばされ、転んでいるうちに逃げられたという、普通の現場捜査員であれば格好のつかない事態と言ってもいいものだが、本田は小川ならば無理もないと思ったのか、その点については叱責しようともしなかった。

「寿町か」

巻島は卓上の地図を見る。〔リップマン〕は以前から、寿町にも近い元町・中華街近辺での出没が防犯カメラの解析からも確認されている。このあたりは馴染みが深い土地と見ていい。

「鎌倉の人員も、こちらに呼び戻そう」

本田に元町から伊勢佐木町周辺に緊急配備を敷くよう指示し、巻島は自身の捜査網がいよいよ〔リップマン〕の間近まで迫っていることを意識した。

53

寿町の路上で刑事を突き飛ばして逃げた淡野は、横浜橋の商店街まで走り、シャッターが下りた空き店舗の裏口に回った。黄金町より人通りがあるため、あまり使ってはいなかったが、ここの鍵も槐から借りており、アジトの一つにしていた。

中に入ると二階の部屋に上がり、しばらく呼吸を落ち着けた。汗を吸った黒のTシャツを脱ぎ、そこに置いておいた白のボタンシャツに着替える。サングラスも帽子も外した。もはやそれらは遠目からでも不審者と認識されるアイテムだと言えた。今はカメラの目を欺くより、街にいる刑事たちの目をかいくぐるほうが大事だった。

ここは寿町から西への逃走方向の延長線上にあるため、長居は禁物だった。外に出て、裏通りを慎重に北上する。大岡川を越え、何とか無事に黄金町のアジトに戻ることができた。

しかし警察が寿町から周辺の防犯カメラを追えば、最終的にここが突き止められるのは時間の問題に違いなかった。

いったん、車を使って足取りを消し、川崎方面にでも移るのが賢明だろうと判断し、渉に電話をかけた。しかし、つながらず、時間を置こうと考えていると、その携帯に着信があった。

〔ポリスマン〕からだった。

〈尻尾をつかまれたな〉彼の声は周囲をうかがうように小声であり、それが逆に切迫感を醸し出していた。〈元町から伊勢佐木町あたりを中心に緊急配備が敷かれる。時間がないから手短に言う。バイクで拾うから今いる場所を教えろ〉

「黄金町だ。末吉橋からガードを越えて右手、赤い軒のちょんの間の跡だ。周りに防犯カメラはない」

〈手配するから待て〉

そう言って、〔ポリスマン〕の電話は切れた。

淡野は横浜橋で着替えたシャツからさらに別のシャツに着替えた。金の入ったリュックに身の回りのものを詰められるだけ詰める。

それから十五分ほど待った。五時を大きく回り、陽が傾いて、部屋の中は薄暗くなっていた。

不意にバイクのエンジン音が聞こえたかと思うと、エンジンが切られ、店先のガラス戸がコツコツとノックされた。カーテンをめくり、慎重にうかがうと、曇りガラスの向こうに男のシルエットが見えた。フルフェイスのヘルメットをかぶっているのが分かった。

警官が包囲しているような気配はない。〔ポリスマン〕の属性から、その点だけは警戒すべきだが、淡野が捕まれば、困るのは彼でもある。そうした裏切りの手を取るとは思えない。

淡野は施錠を外してガラス戸を開けた。

ライダースジャケットにヘルメット姿の男が立っていた。

〔ワイズマン〕が越村を通して手配した運び子だろう。兼松ではないようだった。

「世話になる」

男の向こうに停められたバイクに目をやり、声をかけながら外に出ようとしたところ、男は思いがけず、すっと距離を詰め、淡野の首につかみかかってきた。

その勢いのまま、部屋の中へと押し戻される。

腰から床に倒れこんだ淡野に、男が覆いかぶさってくる。下から蹴り上げようとするが、巧みにかわされた。

グローブを嵌めた男の手には紐が握られていた。それを淡野の首に巻きつけようとする。

この手口……。

淡野は、向坂の遺体の首に付けられた索状痕を思い出す。

八手だ……そう理解し、淡野は震撼する。

なぜ彼がと考えている余裕はなかった。身体をひねり、懸命に防御する。絶対的に不利な体勢の淡野に残されている反撃は目つぶしくらいしかないが、八手はヘルメットで事前にそれを封じてしまっている。

必死にもがいていた淡野の首にとうとう紐が巻きついた。八手は自身も転がりながら淡野の背後に回りこみ、足を淡野の腰に絡めて、後ろから紐を締め上げてきた。

淡野は紐と首の間に指をこじ入れて抵抗する。頸動脈が締まり、意識が遠のいていく。片手でズボンのポケットから折り畳みのナイフを出し、ほとんど自分の皮膚と一緒に紐を断ち切った。

八手の力が瞬間、緩んだが、淡野も自分の力を取り戻すのに時間がかかった。ようやく身体が動くようになり、手にしていたナイフを、やみくもに背後へと突き立てる。がちりとヘルメットに当たった。狙いを変えてもう一度突き立てようとすると、八手が手を絡めてきて、淡野のナイフを封じた。

淡野は抵抗した。ナイフの刃先は八手のグローブを裂いて、手のひらの肉も切ったはずだった。しかし八手はうめき声一つ洩らさなかった。彼は強引かつ冷静に、淡野の指の一本一本を制して、淡野からナイフを奪い取った。

自分の手からナイフがこぼれたと思った次の瞬間、淡野の腹部を鋭い衝撃が貫いた。そしてもう一度、八手が万力を締めるように腕を動かし、淡野の腹部を容赦なくえぐった。

八手が淡野から身体を離し、立ち上がる。

淡野は力を奪われ、立てなかった。

「まだか？」

誰かが部屋に入ってきた。〔ポリスマン〕の声だと一瞬遅れて気づいた。

「終わった」八手が言う。

「刺したのか」〔ポリスマン〕の声が近づいてきた。「まだ生きてるぞ」

「もう助からない。ＰＮＲだ」

ポイント《P》・オブ・ノー《N》リターン《R》……八手のその言葉を聞いて死線から戻ってきた者はいない。

「携帯持ってけよ」

八手が淡野のリュックをがさごそと物色する。淡野は床に転がったまま、それをぼんやり見ていた。

「金がある」

「ほっとけ。誰か、車が来たぞ」

〔ポリスマン〕の声に、八手が立ち上がった。

慌ただしい足音が遠のき、バイクのエンジン音が上がった。そして、それもすぐに消えていった。

淡野は床に手をつき、何とか身体を起こした。腰から膝もとにかけて、薄暗い部屋の中でできるはずのない影ができていた。

紅色に妖しく光るその影を見つめて、淡野は深々と息をついた。

54

渉が淡野のアジトの前に到着したとき、ちょうどそのアジトから、ヘルメット姿の二人の男が出てきたところだった。一人がバイクのエンジンをかけ、もう一人が後ろにまたがった。身体つきからして、淡野ではなかった。彼らの乗ったバイクは、誰もいない狭い路地を飛ばしてすぐに消えていった。

高速の運転中に出られなかった電話が非通知のもので、渉は胸騒ぎを感じていた。そして目の前の光景に、その胸騒ぎがさらに高まった。

「兄貴?」

車を降りて、アジトのガラス戸を開ける。呼びかけながらカーテンをめくって中を覗くと、床にうずくまるようにしている淡野の姿が見えた。

「兄貴、大丈夫っすか⁉」

涉はそう言って駆け寄るが、床に大きな血だまりが浮いているのを見て、息を吞んだ。

「兄貴、病院に行きましょう」

淡野は焦点の定まらない目を涉に向けている。しかし、涉が救急車を呼ぼうとして携帯を取ると、彼はゆるゆると首を振った。

「もう助からない……」聞いたことがないような、淡野の弱い声だった。

「そんなことないっすよ」

涉は声を震わせて言うが、淡野はやはり首を振る。

「俺を……警察に渡すな」

「渡しませんよ。渡しませんけど……」

「帰るぞ……」

「え？」

「鎌倉に……由香里の家に……」

聞いていて、涉の目に涙がこみ上げてきた。

「分かりました。帰りましょう、ユリさんと兄貴んちに」

部屋にあったタオルで淡野の腹を縛った。これ以上血が出てこないようにきつく縛りたかったが、「気を失う」と淡野が嫌がった。

これを持っていけと言われるまま、渉は彼のリュックを抱えた。

淡野の身体を背負って外に出る。車のドアを開けて、彼を後部座席に横たわらせた。

運転席に回り、車を発進させる。

「兄貴、しっかりしてくださいよ！」

淡野の苦しげな息遣いが耳に届くたび、渉は何度も後ろに呼びかけた。

「……めろ」

「え？」

淡野が何か言ったが聞き取れず、信号に引っかかったところで、後部座席に身を乗り出し、聞き耳を立てた。

「埋めろ……砂浜に埋めろ」

最初はリュックに入っていると思しき金のことかと思った。

しかし、違った。

「見つからないように……俺を埋めろ」

かつて、俺は決して捕まらないと言っていた。天才詐欺師のプライドにかけて口にしていた言葉だっただろう。

自身の命が風前のともしびとなっている今、彼が最後まで守ろうとしているものは、どうやらそれであるようだった。

渉は返す言葉も見つからず、ぎゅっと唇を噛んで、ただ鎌倉へと車を飛ばした。

鎌倉の由香里の家に着いたときには、もう日はほとんど暮れかかっていた。

ガレージに車を入れ、玄関のチャイムを鳴らすと由香里がすぐに出てきた。

「兄貴が……兄貴が……」

後部座席に横たわっていた淡野の息遣いが聞こえなくなってから、渉はずっと泣きながら運転してきた。そして今もそのままの顔で由香里の前に立っていた。

「淡野くんが……どうしたの？」

血がこびりついた渉の服や、その表情を見て、何かあったということは理解したようだった。

「どこ？」彼女が訊く。

渉がガレージの車のほうを指し示すと、彼女は表情を強張らせて玄関を飛び出した。

ガレージに回り、車の後部ドアを開けてやると、彼女は中にいる淡野の姿を認めた。

「淡野くん、淡野くん……」

彼女は優しい声で淡野を何度も呼び、動かないその身体を揺さぶった。渉は彼女の気が済むまでそうさせた。やがて彼女は、すすり泣きの声を立てるだけになった。

「兄貴がここに帰りたいって……」

渉の言葉に、由香里は淡野の身体をさすりながらうなずいた。

「帰ったら、砂浜に埋めてほしいって。警察に俺を渡すなって……」渉は涙声で言い、頭を下げた。「ユリさん、お願いです。俺は捕まっても構いません。でも、兄貴は最後まで逃げ切らなきゃいけない。警察なんかには手が届かない、天才的な人なんです。だから、俺に力を貸してください」

振り向いて渉を見た由香里の目に、ためらいの色はなかった。

彼女は洟をすすりながら一つうなずき、淡野に顔を戻して、「大丈夫だよ、もうどこにも行かなくて」と声をかけた。

55

刑事特別捜査隊の小川が寿町で〔リップマン〕と思しき不審者と遭遇した水曜日の夕方から夜にかけて、巻島は捜査本部の捜査員に加え、近隣署の協力を得て、四百人以上の警察官を動員して周辺に緊急配備を敷いた。

大量投入された人員がそれぞれどこの地域に向かえばいいかという持ち場の問題で、現場では多少の混乱があったようだった。そのあたりは、秋本という捜査幹部を指令席から欠いていた影響が少なからず露呈した形となった。

その混乱がたたったのか、四百人の捜査の網に〔リップマン〕がかかることはなかった。路地が多く、人通りや車通りも絶えない市街地での捜査だけに、四百人の網も十分とは言えなかった。

パトロールと並行して、現地周辺の防犯カメラの解析も進められた。それによって、小川の報告通り、不審者は寿町から西に向かって逃走したことが分かった。男は横浜橋の商店街で、いったん空き店舗に身を隠し、そののち、服を着替えて黄金町方面に向かった。横浜橋の空き店舗からは、男が着ていた黒のTシャツが見つかっている。

この足取りから、横浜橋のようなアジトが黄金町近辺にもあったと見ることができるが、それがどこか突き止めるには、もう少し時間がかかりそうだった。黄金町の一角には近くに防犯カメラがなく、不審者は街の中で忽然と姿を消した形になっている。

一方、周辺の車両の通行状況を調べる中で、一台の不審車が浮かび上がった。緊急配備が敷かれた日の夕方、湘南ナンバーのジュークが鎌倉方面から黄金町まで来て、また鎌倉方面へと去っている。

Nシステムで記録された画像により、この車の運転手が〔リップマン〕に似ていることが分かった。ただ、似ているということしか言えない。捜査支援室の解析では、大黒パーキングエリアでの取引時間帯に現場を出入りしていたと見られるヴォクシーの運転手と同一人物と思われるということだった。

「こいつが〔リップマン〕だってことじゃないんですかね」

本田はそうであってほしいという希望をこめたような言葉を口にした。

しかし、〔リップマン〕と思しき不審者が寿町から逃げている時間、この男は車に乗っている。その整合性が取れない限り、同一人物であるとは見なせないが、どちらにしても事件に関係している人物である疑いは濃厚だった。

「菅山渉。二十三歳」本田が担当班からの報告を巻島に伝える。「ちょうど別件ですが、津久井湖で上がった死体、津久井署で帳場が立てられてますが、このマル害が『スガヤマを見つけた』と生前、知り合いに話してたそうです」

津久井湖では、寺尾という横浜の半グレが変死体として発見されている。その件と今回の事件がどう関係あるのかはまだ分からない。

「任同をかけよう」

緊急配備から三日後、巻島はその男の任意同行に踏み切ることにした。

菅山渉のアパートがある藤沢に派遣した担当班からの報告を指令席で待っていると、津田が青山祥平を伴って現れた。

「ちょっとよろしいですか？」

「ああ」

巻島は指令席を本田に預け、隣の打ち合わせ室に移った。

向かいのソファに津田と青山が座る。

「彼の話を聞いてやってください」

津田は余計な説明を省いて、それだけを言った。

巻島はうなずいて、青山を見る。

「私が〔ポリスマン〕ではないかという声があるようですが、私は〔ポリスマン〕ではありません」

青山は落ち着き払った口調で、簡潔に疑惑を否定した。

「実はここだけの話、私が通常任務外の任務として以前からひそかに追っていたのが、〔ポリスマン〕なんです」

「通常任務外の任務？」

「はい」青山は答える。「詳しくは監察官室の魚住《うおずみ》室長に訊いていただければ一番なんですが、彼は現職の立場上、表立って動くと周囲にあらぬ憶測を呼ぶことになりかねないということで、今回は私に、巻島さんへ説明することの許可だけくださいました」

ずいぶん根が張った背後の事情があるらしく、巻島は眉をひそめた。

「君と魚住室長との関係は？」

「魚住さんは、監察に移る前、港北署の次長を務めていました」

青山は特捜隊に移る前、港北署にいた。マル暴関係を担当していたと言っていた。

「もともと、魚住さんは本部の組対で、〔財慶会〕の担当をしていました。資金源を断っため、〔財慶会〕と関係がある半グレのシノギを徹底的に挙げていく作戦を取っていました。それは〔財慶会〕が音を上げるほどの効果があって、弱体化の一因となったほどでしたが、その反作用で〔財慶会〕とは距離を置く、独立した犯罪集団が横浜を根城にして荒稼ぎを始めているという話が、当の〔財慶会〕関係者から聞こえてきたそうです。中でも、あるグループは、恐喝やオレオレなどの詐欺を駆使して、莫大な上がりを得ていると。そのグループは新興ながら、キリノという若い参謀がシノギをよくまとめ、〔ポリスマン〕と呼ばれる警察の内通者もいるということでした」

〔ポリスマン〕は、それほど前から一部関係者の間で取り沙汰されていた存在だったということか。

「魚住さんは港北署に移ると、〔財慶会〕本体の案件は古巣に任せ、私たち若手を使って、そのグループの実態解明に乗り出しました。ただ、噂は〔財慶会〕周辺から曖昧に出るだけで、全貌はようとしてつかめません。そのうち、魚住さんが監察に移ることになり、今度はその立場から、〔ポリスマン〕の特定に目標を定めることにしたんです。私は引き続き、魚住さんに協力を請われました。本部の捜査課にいるという噂もあり、私は所轄にいるより本部の情報が得やすいだろうと、特捜隊に志願しました」

「そういうことか」

青山の背後関係は分かった。〔ポリスマン〕を極秘に探し出そうとするも、手がかりはほとんどなく、一課に所属する連中の人物評などを集めるのが精いっぱいというところだったのだろう。

「その〔ポリスマン〕は、〔リップマン〕が触れてみせた〔ポリスマン〕と同一人物だと君は見てるのか？」巻島は訊いた。

「はい」青山は言下にうなずいた。「以前、キリノと呼ばれていた参謀が今はアワノと呼ばれている男、つまり〔リップマン〕だと見ています」

「なるほど」巻島は小さくうなった。

「ちなみに、そのグループのボスは、〔ワイズマン〕と呼ばれています」

「〔ワイズマン〕……」

闇の世界の一部が見通せるようになっても、その向こうにはまだ深みがある……初めて耳にするその呼び名に触れ、巻島が感じたのは、そんなことだった。

「捜査官」

ドアにノックの音がして、本田が顔を覗かせた。

「菅山渉のガラを押さえたと連絡が来ました。こっちに引っ張ってきますが、現場では俺が〔リップマン〕だと口にしているそうです」

「そうか……分かった」

捜査の大きな局面に違いない本田の報告を聞いても、巻島は目の前にまだまだ不透明なヴェールがかかり続けているような気がしていた。

56

「こんにちは」

由香里が縁側で夕涼みをしていると、絵里子が自転車に乗って現れた。

彼女は由香里が眺めている庭の風景に目をやりながら、由香里の隣まで来て、縁側に腰を下ろした。

「あいつ、とうとう警察に連れてかれたみたいです」

絵里子は馬鹿馬鹿しい話でもするようにそう口を開いたが、その声には隠し切れない寂しさが覗いて見えた。

「まあ、仕方ないっちゃ、仕方ないですけどね。よくよく聞いたら、借金の取り立て屋、死なせちゃったらしいですし。そりゃ、警察にも、煮るなり焼くなり好きにしてもらうしかないですよ」

あまりにも現実離れした事実を投げつけられ、もはや自分にできるのは、それをシニカルにひとくさしするくらいだと言いたげな口調だった。

「でも、リコちゃんは彼の味方でいてくれるんでしょ？」

由香里は希望もこめて、そう訊く。

「まあ、ああいう馬鹿を見捨てちゃうのも寝覚めが悪いですからね」彼女は仕方なさそうに、そんな言い方をしてから、ふっと笑ってみせた。「あいつなりに、変な努力はしてるんですよね。車の中も一生懸命洗って。いくら撥水仕様のシートでも、血痕は出るらしいよって言っても、そんなの分かんねえだろって。カーナビも壊しちゃったり。そうそう、もしユリさんちに男がいたみたいなことを警察が疑い出したら、あいつが私に隠れてユリさんにも二股かけてたって設定にするからって……真面目にそんなこと言い出すから、何か笑っちゃいますよ」

「じゃあ、私も口裏合わせないとね」由香里もくすりとして言う。

「俺が〔リップマン〕なんだって、自己暗示かけるみたいに……本当、馬鹿なのか何なのか」

そう言って笑う絵里子の横顔は、泣き出しそうなものに見えた。

由香里は台所に行き、収穫したトマトを切って、麦茶と一緒に縁側に運んだ。

「全然、以前と変わんなく見えますよね」

絵里子が庭を眺めながら言う。

「本当？」

新しく土を入れ、菜園の畝は少しだけ大きくなっている。トマトやゴボウは収穫し切り、土をいじったために葉も萎れてしまった。その分、色味に欠け、殺風景になった気はするが、菜園を始めた頃はこんな感じだった。

「淡野っちも、砂浜に埋めろは無茶ですよね」

「今の時期、砂浜は夜でも人目があるからね」由香里は言う。「いずれは、お母さんと一緒にさせてあげたいと思うけど」

「でも、落ち着かなくないんですか？」

「どうだろ」

現実とは思えないことはいろいろあった。しかし、今ではそれも、夢の中の出来事のようだ。

「リコちゃんが言ったみたいに、こうやって見てる分には、今までと変わんない気もするし」

「そうですよねえ」

「それに、彼がもう、どこにも行かないんだって思うと、逆に気持ちが落ち着く気がして」

「そっか……」

日が傾いて大きな影が差した庭に、熱気の抜けた風が優しく吹いた。

「もう夏も終わりですね」

絵里子の言葉に由香里はうなずき、その夕風にそっと乗せるようにして、「レスティンピース」と呟いた。

本作の執筆に当たり、ＮＥＣの今岡仁氏から顔認証技術について貴重なお話をうかがいました。この場を借りてお礼申し上げます。

この作品はフィクションです。実在の人物、団体などには一切関係ありません。

解説

朝宮運河（書評家）

犯罪は時代を映す鏡である。社会の変化や技術の進歩によって新しい形の犯罪が次々と生まれ、その背後にある動機もまた変化していく。

数千人もの不正受給者を出して社会に衝撃を与えた、新型コロナ給付金詐欺などはその好例だろう。検挙された人の中には指南役に教えられるままに、罪の意識もなく不正申請を行っていた若者も多いというが、これなどはパンデミックという非日常とSNSの普及がなければ成立しなかった犯罪である。

犯罪がこのようなものである以上、それと向き合う者たちも時代に合わせ変化せざるをえない。警察小説が現代社会をビビッドに反映した作品になるのはこのためだ。

たとえば雫井脩介が二〇〇四年以来書き継いでいる「犯人に告ぐ」シリーズは、一作ごとにスタイルを変えながら、現代社会に対峙してきた警察小説である。そこには日本社会のリアルが時にははっきりと、時にさりげなく描き込まれ、時代の空気を追体験させてくれる。二〇一九年八月に単行本が刊行された本書『犯人に告ぐ3 紅の影』は、そのシリーズ第三弾にして、ひとつの集大成ともいえる力作だ。ここには時代と対峙しつつ、主人公の刑事・巻島史彦を中心にして人間という底知れないものを描く、という著者の試みが高いレベルでなし遂げられており、シリーズを追ってきた読者を圧倒する。

したがってシリーズの過去作を読了してから手にするのが望ましいのだが、作者やタイトルに惹かれてたまたまページを開いたという読者もいるだろう。おさらいを兼ねてまずは過去二作をふり返っておこう。

誘拐犯を身代金受け渡し現場で取り逃がすという失態を演じ、幼い命が奪われる悲劇を招いた神奈川県警の警視・巻島史彦。それから六年後、左遷されていた彼は、県警本部長・曾根から直々に本部に呼び戻される。川崎市内で相次いで発生している男児殺害事件の現場責任者を任されたのだ。

マスコミに犯行声明を送りつけてくる連続殺人犯〈バッドマン〉に対し、曾根は劇場型犯罪ならぬ〝劇場型捜査〟を提案。巻島をテレビのニュースショーに出演させることで、膠着状態を打開しようとする。「今夜は震えて眠れ——」と犯人へ呼びかける巻島の声に、姿なき殺人者は応えるのか。

マスメディアを利用した犯人との心理戦、という大胆なアイデアを中心に据えたシリーズ第一作『犯人に告ぐ』は、捜査小説の新機軸として二〇〇四年末のミステリーランキングで第一位を複数獲得。デビュー作『栄光一途』（二〇〇〇年）以来、良質なミステリーを書き続けてきた著者にとって飛躍の一作となった。翌〇五年には第七回大藪春彦賞を受賞、豊川悦司が巻島を演じた映画も〇七年に公開されヒットを記録している。

巻島がテレビを通じておこなった劇場型捜査は、広く情報提供を募り、犯人に心理的な揺さぶりをかけるのが目的だった。しかしあらためて読み返してみるなら、刑事が〝主役〟になるという設定は、国民誰もが情報の発信者になるという今日の状況を予見しているようにも思える。あらゆるものがスマホのカメラを通じて可視化され、エンタメとして受け入れられる時代。『犯人に告ぐ』はそんな現代の風潮とも、どこか通底している。

『犯人に告ぐ2　闇の蜃気楼』は二〇一五年九月に刊行されたシリーズ第二弾。十一年ぶりに再登場を果たした巻島（作中時間は『犯人に告ぐ』の少し後）が追うのは、〈大日本誘拐団〉を名乗る犯罪グループだ。

大学卒業後、振り込め詐欺グループの一員として金を稼ぐようになった砂山知樹。県警の手入れによってグループは壊滅するが、知樹は運良く逮捕を免れる。グループの主犯格である謎めいた男・アワノが新たに計画したのは日本では先例のない〝誘拐ビジネス〟だった。美容機器メーカーの取締役を誘拐して名を売った犯人グループは、横浜にある老舗企業の社長親子誘拐を実行に移す。二重三重に仕掛けのある巧緻な誘拐計画は、巻島ら捜査員たちを翻弄し続ける。

犯罪者をあくまで得体の知れない存在として描いていた一作目から一転、『犯人に告ぐ2』では知樹ら犯人側の視点を交えることで、犯罪小説やサスペンスのテイストを濃くしている。一巻からの読者は、巻島と彼が率いる特別捜査隊のメンバーの捜査を、固唾を呑んで見守ることになるだろう。と同時に、犯人グループが防犯カメラや捜査の目をかいくぐり、大金を手にすることを期待してもいるはずである。

刑事と犯人の両方を応援したくなる稀有な小説。この難しいバランスを成り立たせているのは、奥行きのあるキャラクター造型によるところが大きい。大学卒業後、犯罪者として生きるしかなかった知樹は、ある意味、格差社会や長引く経済不況の象徴ともいえる存在だ。巻島はここでもやはり、時代と対峙しているのである。

さて待望のシリーズ第三弾『犯人に告ぐ3』は、〈大日本誘拐団〉事件の直後から幕を開ける。

逮捕された実行犯への取り調べが進むなか、主犯格の男の捜査が続けられていた。英語で〝安らかに眠れ〟を意味する「レスティンピース」の言葉とともに部下を切り捨て、死体のそばにＲＩＰの文字を書き残していく正体不明の男、通称・リップマン。彼の足取りを追うために県警が秘策として打ち出したのが、顔認証技術を利用したＡＩによる犯罪予測システムだった。

同じ頃、県警本部長の曾根は横浜市内で開催された地元選出代議士のパーティーに出席していた。横浜へのＩＲ（カジノ特区）誘致を目指す現職市長と政財界、天下り先を求めてそれにすり寄っていく警察官僚。現実の横浜市長選がＩＲ誘致の行方を大きく左右したことを思い起こすなら、このシーンは絶妙なリアリティがある。そして県警上層部の思惑が、巻島率いる捜査現場にさまざまな影響を与えていくことになる。

一方、リップマンこと淡野悟志は、単身で投資詐欺を続けながら、旧知の女性・春原由香里の住む鎌倉の一軒家に身を寄せていた。天才的な詐欺師として、これまで数々の犯罪に手を染めてきた淡野だったが、ある出来事をきっかけに引退を決意。〈ワイズマン〉の名で知られるボスのもとに出かける。

そこで淡野が示されたのは、驚くべき手段で五千万円を手に入れるという犯罪計画だった。由香里の家で知り合った若い男・菅山渉を仲間に引き入れ、淡野は最後のシノギの準備を進めていく。

本作はこの計画を軸にして、巻島ら捜査員と淡野の動きを交互に描く。一度はリップマンに遭遇しながらも取り逃がした県警は、再び劇場型捜査を検討。巻島をネットテレビという新時代のメディアに出演させることで、潜伏しているリップマンをあぶり出そうとする。多くのネットユーザーがリアルタイムで見守るなか、巻島は「リップマンに告ぐ——」と呼びかけ始めるのだが……。

本作にはこれまでシリーズが扱ってきたさまざまな要素が、贅沢に織り込まれている。劇場型捜査、先例のない犯罪計画、県警内部の権力抗争、巻島と犯人の息詰まる頭脳戦。先にシリーズの集大成と書いたのはこのためだ。

とりわけ本作において際立っているのは、頭脳戦の要素である。巻島が率いる個性豊かな特別捜査隊のメンバーと、犯罪はアートだとうそぶく淡野と裏社会に棲息する犯罪のプロフェッショナル。両陣営が知略をめぐらせて争うさまは、名人同士の将棋やチェスの対局を思わせるような興奮がある。

中盤で明らかにされるワイズマンの意外な正体や、巻島らを悩ませる内通者の存在、捜査一課の抱える秘密など、さまざまな要素が絡み合い、読者の予想を上回るストーリーラインを描き出しており、捜査小説、警察ミステリーとしての完成度は抜群に高い。

こう書くといかにもドライでゲーム的な小説のように思われるかもしれないが、作品全体から受ける印象はむしろ正反対である。なぜならこの対局の盤面にいるのは、駒ではなくそれぞれの人生を背負った人間だからだ。

なかでも著者が力を注いでいるのは、淡野のキャラクター造型だろう。『犯人に告ぐ2』では冷徹なリアリストというイメージが強かった淡野だが、本作では彼なりの事情を抱えた、人間味のあるキャラクターとして描かれている。

鎌倉の海で渉とサーフィンに興じるくだりや、少年時代の淡野とワイズマンの出会いなど、本作には忘れがたいエピソードがいくつもある。これらの場面を胸に刻み込むうち、読者は淡野という天才的詐欺師にいつしか言いようのない魅力を感じているはずである。

そんな淡野が育ての親であるワイズマンに報いるため、最後のシノギに向かうシーンには、事件のスケールが大きいこともあって、とてつもないサスペンスが漂う。神奈川県警の人海戦術とＡＩによる犯罪予測の裏をかいて、淡野は五千万円を奪い取ることができるのか？　モニターの内部と外部でくり広げられる闘いの行方を、胸に迫るラストシーンまでしっかりと見届けてほしい。

ところでサスペンスといえば、雫井脩介は『火の粉』（二〇〇三年）など緊迫感のあるサスペンス小説の名手としても知られる。この著者にとってサスペンスとは単なる小説的テクニックに留まらず、人間観に深く根ざしたものかもしれない、と気がついたのは映画化された『望み』（二〇一六年）を読んだ時のことだった。

この長編ミステリーにおいて主人公の夫婦は、行方不明の息子が殺人者か、それとも事件の被害者か、という究極の問いを突きつけられ懊悩する。『望み』に漂うすさまじいまでのサスペンスは、人は善にも悪にも転びうる、という著者の人間観に起因しているのだ。愛する息子を信じたい、だが信じ切ることができない。その揺らぎが、言いようのない緊張感と不穏さを醸成する。

「犯人に告ぐ」シリーズの根底にあるのも、やはりこうした両義的な人間観である。巻島のよきサポート役であるベテラン刑事の津田は、どんな凶悪犯にもそれぞれの人間味があることを知っており、それが犯人に立ち向かう時の土台になっている。津田に信頼を寄せる巻島にしても立場は同じだろう。

巻島は怒りをこめて、カメラの向こうにいる犯人に呼びかける。犯人がその呼びかけに応えるだけの、一抹の人間性を備えていることを信じて。
凶悪犯や知能犯が次々に登場する「犯人に告ぐ」シリーズだが、根底にあるのは人間性への深い信頼なのではないだろうか。そしてその著者のまなざしが、このシリーズを累計百七十五万部というベストセラーに押し上げている要因ではないか。今回全三巻を再読して、あらためてそう感じた。

『犯人に告ぐ2』刊行時、雫井脩介はインタビューにおいて「続編を書いたからには、3作、4作とシリーズを続けていかなければ意味がないと思っています」と嬉しい発言をしている（『ダ・ヴィンチ』二〇一五年十一月号）。たしかに巻島と神奈川県警には、まだ追うべき相手が残っているはずだ。時代と対峙し続ける刑事・巻島の新たなる活躍が読める日を、心から楽しみに待ちたいと思う。

本書は、二〇一九年八月小社より単行本として刊行されたものです。

双葉文庫

し-29-08

犯人《はんにん》に告《つ》ぐ❸（下）

紅《くれない》の影《かげ》

2022年9月11日　第1刷発行

【著者】

雫井《しずくい》脩介《しゅうすけ》

©Shusuke Shizukui 2022

【発行者】

箕浦克史

【発行所】

株式会社双葉社

〒162-8540 東京都新宿区東五軒町3番28号

［電話］03-5261-4818（営業部）　03-5261-4831（編集部）

www.futabasha.co.jp（双葉社の書籍・コミックが買えます）

【印刷所】

大日本印刷株式会社

【製本所】

大日本印刷株式会社

【カバー印刷】

株式会社久栄社

【DTP】

株式会社ビーワークス

【フォーマット・デザイン】

日下潤一

ISBN978-4-575-52601-1 C0193

Printed in Japan